ŒUVRES
DE LE BRUN.

TOME PREMIER,

CONTENANT LES ODES, LES ÉLÉGIES ET LES ÉPITRES.

SECONDE LIVRAISON.

PARIS.
............., LIBRAIRE-ÉDITEUR
DE LA BIBLIOTHÈQUE EN MINIATURE,
PLACE VENDÔME, N. 24.

M DCCC XXVII.

ODE VIII.

C'est depuis long-temps que ma lyre,
Amante de l'égalité,
Dévouée à la liberté,
Dans son prophétique délire.
Ces jours prédits à nos neveux
Devancent et comblent nos vœux ;
Ma lyre n'est point mensongère :
L'affreux despotisme a cédé :
C'en est fait ! du sort de la terre
Un seul moment a décidé.

Aux rois du Nord comme à la terre
Nous avions tous juré la paix.
Ces rois s'arment : ah ! désormais
Qu'ils tremblent, nous jurons la guerre.
Soldats, esclaves des tyrans,
Vous tomberez, lâches brigands,
Sous nos armes républicaines ;
Plus grands que ces Romains si fiers
Qui donnaient au monde des chaînes,
Peuples ! nous briserons vos fers !

C'est en vain que le Nord enfante
Et vomit d'affreux bataillons :
Leur corps est promis aux sillons
De notre France triomphante.
Deux sœurs, immortelles cités,

Thionville, aux murs indomptés,
Brave et repousse leur furie :
Lille! tes débris glorieux,
De leur atroce barbarie
Sont fumans et victorieux.

Des Beaurepaires, des Désilles
La mort a prédit nos succès ;
Venez, phalanges de Xercès,
Et nous aurons nos Thermopyles !
Plus heureux que Léonidas,
Le chef de nos braves soldats
Avec l'Olympe auxiliaire,
Les chassera loin de nos murs,
Comme l'astre qui nous éclaire
Chasse des nuages impurs.

Pareils aux flots de ces ravines
Dont le bruit sème la terreur,
Ils s'avançaient, et leur fureur
Méditait de vastes ruines.
Leurs vœux se disputaient nos biens ;
Du meurtre de nos citoyens
Ils ensanglantaient leurs pensées ;
Ils ont paru! mais ils ont fui
Comme les feuilles dispersées
Qu'Éole souffle devant lui.

Oui, le ciel jura leur défaite.
Le ciel arme les élémens.
Voyez sur les ailes des vents
La mort qui poursuit leur retraite.

En vain couverts d'un triple acier,
Tombent en foule, homme, coursier :
Ils mordent nos plaines sanglantes,
Triste pâture des vautours,
Non loin des villes opulentes
Dont leur espoir brisait les tours.

O Renommée ! à ces nouvelles,
A ces prodiges que tu vois,
Prête l'éclat de tes cent voix :
Ranime tes rapides ailes.
Va, par un fidèle rapport,
Glacer le despote du Nord ;
Conte au Danube, au Boristhène
Que, vengeur de sa liberté,
Le Français, de Sparte et d'Athène
Surpasse l'antique fierté.

Des Alpes jusqu'aux Pyrénées,
Partout, sous les drapeaux flottans
Courent nos jeunes combattans,
Ces âmes, de gloire effrénées.
L'Allobroge, amant de nos lois,
Ouvre tous ses murs à-la-fois ;
Le Var nous a soumis ses ondes ;
Et le Rhin, cachant sa terreur,
Frémit, sous ses grottes profondes,
De son impuissante fureur.

La Seine, qui vit son rivage,
Chargé de bataillons épars,
Y promène enfin des regards

Que ne souille plus l'esclavage.
Belle nymphe, honneur de Paris,
Au sein de Neptune surpris
Roule ton onde souveraine,
Et que tous les fleuves divers
Te reconnaissent pour leur reine,
Dans le palais du dieu des mers.

Quoi ! ressuscité par la honte,
Le reste de leurs légions
Va chercher d'autres régions,
Où déjà leur Mars nous affronte !
Pour tenter un nouveau hasard,
Armés de tout ce que peut l'art
Dont jadis Vauban fut le maître,
Les voilà fiers et menaçans.
Français ! la valeur doit renaître
Avec les périls renaissans.

Non, non, rien n'est inaccessible
A qui prétend vaincre ou périr.
Ce cri : *Vivre libre ou mourir !*
Est le serment d'être invincible.
En vain cent tonnerres croisés,
Grondant sur ces monts embrasés,
Opposent trois remparts de flamme ;
Parmi ces orages brûlans,
Chefs, soldats, prodiguez votre âme ;
Triomphez sur des corps sanglans.

Ils l'ont fait. Le lion belgique
A vu fuir l'aigle des Germains ;

Il rugit, charmé que nos mains
Aient rompu son joug tyrannique :
L'ombre de nos seuls étendards
Fait tomber les tours, les remparts ;
Bruxelles voit briser ses portes ;
Et le souffle de nos guerriers
Précipite au loin ces cohortes
Qui menacèrent nos foyers.

Mais vous, généreuses victimes,
Qui repoussâtes leur effort,
Vous ne perdez point votre mort.
Vos exploits furent légitimes :
Vos tombeaux sont parés de fleurs ;
Un encens qu'arrosent nos pleurs
Vous suit jusqu'aux voûtes célestes ;
Et Mars dont le rapide char
Vous enlève aux Parques funestes,
Vous fait partager le nectar.

Ouvre tes portes immortelles,
Panthéon ! reçois nos héros ;
Que sur le marbre de Paros
Y revivent leurs traits fidèles !
Que les chantres et les guerriers
Y ceignent les mêmes lauriers !
Et toi, dont je fus l'interprète,
Déesse aux accens belliqueux,
Liberté ! fais que ton poëte
Y repose un jour avec eux !

ODES.

LIVRE SIXIÈME.

—

ODE I.

LES TOASTS DE L'OLYMPE.

Un soir que, réunis dans leur palais d'azur,
Les dieux, la coupe en main, savouraient l'allégresse,
Et que la jeune Hébé, du nectar le plus pur,
    Leur versait la riante ivresse :

Je bois, disait Vénus, à l'indomptable Mars ;
Je bois, disait Junon, au maître du tonnerre ;
Et moi, disait Cybèle en jetant ses regards
    Sur les maux dont gémit la terre,

Je bois au favori de la sage Pallas,
Au héros qui du Nil soumit l'urne féconde,
Au rapide vainqueur des Alpes, de Mélas,
    Au pacificateur du monde.

Et moi, disait Neptune, au généreux lion,
Effroi des léopards, dont la rage conspire
Contre l'heureuse paix que l'atroce Albion
    Ose exiler de mon empire.

Oui, buvons, dit Pallas, à ce jeune guerrier :
C'est Ulysse au conseil ; au combat c'est Achille :
Il a conquis la paix, et son vaste laurier
    En sera l'éternel asile.

Jupiter joint sa coupe à la coupe des dieux ;
La douce Paix obtint son auguste sourire ;
Et Phébus confia l'allégresse des cieux
    Aux divins accords de sa lyre.

ODE 11.

MES SOUVENIRS,

OU LES DEUX RIVES DE LA SEINE (1).

Qu'un autre, d'une âme insensee,
Se vieillisse en plongeant ses yeux dans l'avenir !
    Moi, je rajenuis ma pensée
    Par les charmes du souvenir.

Dans l'asile de ma vieillesse,
Un sort heureux présente à mes regards conteus
    L'aspect des lieux où ma jeunesse
    Vit éclore ses doux printemps.

---

(1) Au sujet d'un logement que le gouvernement venait de m'accorder sur la rive droite de la Seine (au Louvre).

Paisible nymphe de la Seine,
Que ton onde me plaît, que tes bords me sont chers !
Ton onde est pour moi l'Hypocrène,
Et tes bords me sont l'univers.

Tu sembles de mes destinées
Réunir à-la-fois et partager le cours :
Là coulaient mes jeunes années ;
Ici coulent mes derniers jours.

Que mon œil aime à reconnaître
La rive où se cachait mon timide berceau !
Mon âme qui semble y renaître ,
De plus loin brave le tombeau.

Ranimés par d'heureux prestiges,
D'un palais abattu les marbres, les jardins (1),
Se relèvent fiers des vestiges
Q'ont laissés més pas enfantins.

Les voilà ces jeunes dryades
Qui jadis m'ombrageaient de leurs rameaux épars !
Ce jet lancé par les naïades
Rafraîchit encor mes regards.

Parmi des fleurs toujours écloses,
Errant dans les détours de ces dédales verts,
Mon souvenir cueille des roses,
Et peuple ces bosquets déserts.

---

(1) L'hôtel de Conti, où l'auteur est né. Cet hôtel
est devenu depuis l'hôtel de la Monnaie.

Que l'aurore m'y paraît belle !
Un nouveau jour me luit, plus riant et plus pur :
    Et tout l'or dont il étincelle
    M'enrichit l e céleste-azur.

    J'y vais épier le phosphore
De l'astre des buissons dans leur sein dérobé.
    Je m'y plais à nourrir encore
    L'amant des feuilles de Thisbé.

    Je te revois, treille chérie,
Berceau mystérieux dans les airs suspendu,
    Où, par la naïve Égérie,
    Mon premi er baiser fut rendu.

    Voisin des lieux de ma naissance,
Gymnase au vaste dôme (1), après soixante hivers
    Tes murs racontent mon enfance
    A mes yeux dès qu'ils sont ouverts.

    De ton airain la voix fidèle
Frappe des mêmes sons mon oreille et les airs.
    Douze lustres comptés par elle
    Rendent mes souvenirs plus chers.

    Là, fuyant l'oisive paresse,
Le travail vint m'apprendre à goûter le plaisir ;
    Et des jeux la riante ivresse
    Égayait mon heureux loisir.

---

(1) Collége des Quatre-Nations , où l'auteur a fait ses
études.

Là, dans sa vitesse immobile,
Le buis semblait dormir, agité par mon bras ;
Là, je triplais le cercle agile
Du chanvre envolé sous mes pas.

Là, frêle émule de Dédale,
Un liége sous mes coups se plut à voltiger ;
Là, dans une course rivale,
J'étais Achille au pied léger.

Là, j'élevais jusqu'à la nue
Ce long fantôme ailé qu'un fil dirige encôr
A travers la route inconnue
Qu'Éole ouvre à son vague essor.

Là, ces colonnes, ces portiques
M'ont vu la fronde en main, Baléare nouveau,
Au-dessus de leurs fronts antiques,
Atteindre le rapide oiseau.

Là, souvent une jeune audace,
Quand l'instinct belliqueux vint enflammer nos sens,
Préludait aux jeux de la Thrace
Par mille combats innocens.

Là, ma jeunesse indépendante
Puisa tes premiers feux, céleste Liberté !
Rome, Athène, à mon âme ardente,
Prêtaient leurs arts et leur fierté.

Qu'aux premiers accens de la gloire
Il palpita ce cœur, impatient du prix !
Comme des nymphes de mémoire
Il devint pour jamais épris !

Ceint de triomphantes guirlandes,
Je crus franchir le Pinde et ses bords immortels;
De mes poétiques offrandes,
Muses, je parai vos autels.

Mon laurier conquit une amante;
Vainqueur, mon jeune front plut aux yeux de Myrté:
Oh! combien la gloire est charmante
Quand elle enflamme la beauté!

Ce premier sentiment de l'âme
Laisse un long souvenir que rien ne peut user;
Et c'est dans la première flamme
Qu'est tout le nectar du baiser.

Age aimant, âge d'innocence,
Age où le cœur jamais n'a de replis obscurs:
Ta pudeur feint peu la décence;
Tes goûts sont vrais; tes feux sont purs!

Ainsi, quand la vieillesse arrive,
Du long fleuve des ans je remonte le cours;
Et je retrouve sur la rive
L'âge des jeux et des amours.

ODE III.

AUX BELLES

QUI VEULENT DEVENIR POÈTES.

Souveraines dans l'art de plaire,
Les dieux vous firent pour aimer;

L'amour verrait avec colère
Une nuit perdue à rimer.

Quoi ! dans une docte insomnie,
Parjures à ce dieu si doux,
Vous prodigueriez au génie
Un baiser stérile et jaloux !

Nos cœurs vous cèdent la victoire ;
Qu'elle borne votre désir :
Un long siècle dans la mémoire
Ne vaut pas l'instant du plaisir.

La rose vit un jour à peine,
Mais elle charme tous les yeux,
Et n'est point jalouse du chêne
Qui porte son front dans les cieux.

Voit-on la colombe de Gnide
Affecter l'empire de l'air,
Et ravir à l'aigle intrépide
Les triples feux de Jupiter ?

Laissez-nous la double colline ;
Régnez à Cythère, à Paphos :
En vers tendres le doux Racine
A même vaincu les Saphos.

Le coursier fougueux du Parnasse
Ne cède qu'aux fils d'Apollon,
Et se rit de la faible audace
Des Amazones d'Hélicon.

Rassurez les Grâces confuses ;
Ne trahissez point vos appas :

Voulez-vous ressembler aux Muses ?
Inspirez, mais n'écrivez pas.

ODE IV.

CHANT D'UN PHILANTHROPE,

PENDANT LES HORREURS DE L'ANARCHIE.

Prends les ailes de la colombe,
Prends, disais-je à mon âme, et fuis dans les déserts ;
    Ou que l'asile de la tombe
    Nous sépare enfin des pervers !

    Une rose, vierge de Flore,
Un lis, beau d'innocence et brillant de candeur,
    Des vents du sud qui les dévore
    Aiment-ils l'insolente ardeur ?

    Eh ! que ferait l'agneau paisible
Parmi des loups cruels, des tigres dévorans ?
    Quel bras, quelle égide invisible
    Peut nous défendre des tyrans ?

    De ces cœurs soupçonneux, avares,
Redoutons les fureurs et même les bienfaits.
    S'ils voulaient nous rendre barbares,
    Nous associer aux forfaits ;

    Si de la noble indépendance,
Au lieu de la venger, ils outrageaient les droits :

Si la bassesse et l'impudence
Succédaient à l'orgueil des rois ;

Élevés par la ruse oblique,
S'ils montaient aux honneurs, et sous leur joug d'airain,
S'ils osaient de la république
Abaisser le front souverain :

S'ils ensanglantaient notre histoire
De meurtres clandestins, sans périls, sans combats,
Et qui font rougir la Victoire,
Amante de nos fiers soldats ;

Si de la liste de leurs crimes
Ils effrayaient nos murs et souillaient nos regards ;
S'ils traînaient parmi leurs victimes
La vertu, l'honneur et les arts ;

S'ils mettaient un lâche courage
A détruire en nos cœurs la sainte humanité ;
S'ils joignaient dans leur folle rage
La mort et la fraternité ;

Si leur cupidité féroce
S'enrichissait de pleurs, changeait le sang en or,
Et souriait d'un œil atroce
A cet exécrable trésor ;

Si d'un Dieu niant l'existence,
Leur délire élevait un temple à la Raison,
S'ils forçaient même l'innocence
A boire leur affreux poison ;

Douce pitié, si tes alarmes
Te rendaient criminelle à leurs coupables yeux ;
   S'ils venaient épier tes larmes,
   Tes regards tournés vers les cieux ;

   Prends les ailes de la colombe,
O mon âme ! fuyons, fuyons dans les déserts,
   Ou que l'asile de la tombe....
   Quoi ! nous céderions aux pervers !

   Non, non : c'est trahir la patrie !
Fuyez-la pour jamais, jour de sang et de pleurs !
   Que sa gloire, long-temps flétrie,
   Appelle et trouve des vengeurs !

ODE V.

MES CONSOLATIONS.

Anacréon sut plaire aux belles,
Malgré ses quatre-vingts hivers ;
Et les Grâces, toujours fidèles,
Le couronnaient de myrtes verts.

Pindare, en cygne d'Aonie,
D'un siècle traversant le cours,
Plus cher encore à Polymnie,
Chantait la gloire et les amours.

Sophocle, à son vingtième lustre,
De Melpomène eut les faveurs.

J'aime à voir leur vieillesse illustre
Cueillir des lauriers et des fleurs.

Ma lyre aussi n'est point muette :
Le Pinde a répété mes vers.
Liberté ! je fus ton poète ;
Amour ! je célébrai tes fers.

Mes jeunes pas suivaient les traces
Des dieux de Gnide et de Claros.
Je puis encor chanter les Grâces :
Et je chante encor les héros.

Là, je soupire avec Tibulle ;
Là, Tirthée enflamme ma voix :
Ici, je lance avec Catulle
Les traits malins de son carquois.

Si, dans mes yeux moins diaphanes,
Le jour ne brille qu'à moitié,
Heureux, je vois moins de profanes :
J'en suis plus cher à l'amitié.

Les Grâces, d'une main charmante,
Daignent souvent guider mes pas :
Je crois retrouver une amante
Quand leur bras s'enlace à mon bras.

Eh ! puis-je encor la méconnaître ?
Mon cœur palpite à ses accens.
Nouveau Tithon, je vais renaître ;
Une autre Aurore a mon encens.

ODE VI.

ODE NATIONALE

CONTRE L'ANGLETERRE.

Discite justitiam.....
Virg., Æneid., lib. vi.

Tandis que la Tamise, en ses mornes rivages,
Dans son perfide sein méditant les ravages,
Roule une onde infidèle et jalouse des lis,
La Seine aux bords rians, nymphe tranquille et pure,
Porte son doux cristal, ennemi du parjure,
        A l'immense Téthys.

Téthys voit accourir à son humide trône
Le Tibre, l'Éridan, et le Tage, et le Rhône,
Le Méandre incertain, le rapide Eurotas,
Et le Volga pressant son onde hyperborée,
Le Danube au long cours, le Rhin, l'Elbe, et la Sprée,
        Amante des combats.

Là, sous des bois vermeils inconnus aux dryades,
Erraient de toutes parts de bruyantes naïades;
Tous les fleuves du monde y roulent leurs destins;
Tous ceints d'algue et de joncs, s'inclinant sur leur urne
Près du fils orageux de l'antique Saturne,
        Partagent ses festins.

La Tamise elle seule, ivre de sa fortune,
Et dédaignant l'honneur des banquets de Neptune,
Entraînait aux combats ses perfides vaisseaux ;
Aux bords américains déjà soufflant la guerre,
Son orgueil affectait l'empire de la terre
  Et le sceptre des eaux.

Sous les mers cependant les jeunes néréides
Ont prodigué les fruits nés de leurs champs humides ;
Les coupes du nectar animent leurs banquets ;
Et l'ambroisie exhale une nue odorante
Qui parfume à longs flots la voûte transparente
  Des liquides palais.

De l'Oyo tout-à-coup la naïade lointaine
Les frappe de ses cris, pâle, et fuyant à peine,
A travers l'Océan, de barbares vainqueurs :
Ses regards éperdus, sa tête échevelée,
De roseaux teints de sang horriblement voilée,
  Attestent ses malheurs.

Vengeance ! criait-elle ; ô Neptune ! vengeance !
Quel forfait de mes bords a souillé l'innocence !
J'ai vu la paix trahie abjurer nos climats.
Et toi, Seine, frémis à mes accens funèbres !
La Tamise triomphe ; et ses exploits célèbres
  Sont des assassinats.

Crédule à cette paix que l'infidèle atteste,
Hélas ! je reposais dans un calme funeste :
Un cœur pur, de soupçons est rarement armé.
Mes fils, sans crainte errans, dans leurs concerts sauvages,

Chaque jour éveillaient l'écho de mes rivages
      Au nom d'un peuple aimé ;

Quand l'affreux ravisseur de la triste Acadie,
L'Anglais, que sur mes bords guide la perfidie,
Fonde et voue un rempart à la nécessité ;
De là son glaive impie et ses feux sacrilèges
Chassent les dieux, la paix, et de nos priviléges
      Bravent la sainteté.

Le Français se réveille au bruit de cette audace ;
Il sait du noir rempart l'insolente menace,
Et son courroux vengeur suspend encor ses traits :
Avant de foudroyer le crime et son asile,
La sainte humanité confie à Jumonville
      Le rameau de la paix.

Il part : quinze guerriers, compagnons de son zèle,
Le suivent jusqu'aux bords de l'enceinte infidèle ;
Il parlait : il offrait l'olive à ces pervers.
O crime ! il tombe aux pieds de l'assassin farouche :
Le doux nom de la paix expire sur sa bouche ;
      Sa troupe est dans les fers.

Dieu des mers, tu l'entends ! dit la Seine éperdue ;
On égorge mes fils : leur sang coule à ta vue ;
Et ce sang généreux ne serait point vengé !
Ne suis-je plus la fille ? ô Neptune ! et toi-même
N'es-tu plus souverain de ce trident suprême
      Par l'Anglais outragé ?

Voilà cette Albion, ce peuple magnanime
Que le savoir éclaire, et que l'honneur anime !

C'est lui qui lâchement ensanglante la paix :
De la terre et des mers déprédateur avare,
Au Huron qu'il dédaigne et qu'il nomme barbare
    Il apprend les forfaits.

Tu voulus que tes flots unissent les deux mondes ;
Et du libre Océan il enchaîne les ondes !
Le cri des nations redemande les mers.
Purge tes flots sacrés de ses voiles parjures ;
Venge le sang français, mes larmes, mes injures,
    Toi-même, et l'univers !

Elle dit, et ses sœurs autour d'elle gémissent ;
Attendris, indignés, tous les fleuves frémissent ;
Tous craignent d'enrichir l'insulaire odieux :
La nymphe au lit d'argent, l'Orellane en frissonne ;
L'or du Tage pâlit ; et le Gange emprisonne
    Ses cristaux radieux.

Fleuves, rassurez-vous, dit l'époux d'Amphitrite :
Au livre des destins la vengeance est écrite ;
Albion expira les maux de l'univers.
Avant que la Tamise ait compté quelques lustres,
Elle aura vu changer ses triomphes illustres
    En sinistres revers.

Vainement l'insolente à sa noble rivale
Croit opposer des flots l'orageux intervalle ;
La perfide s'épuise en efforts superflus.
Tremble, nouvelle Tyr ! un nouvel Alexandre
Sur l'onde, où tu régnais, va disperser ta cendre :
    Ton nom même n'est plus.

ODE VII.

SUR HOMÈRE ET SUR OSSIAN.

La riante mythologie,
Que celle du chantre d'Hector!
Qu'il a de grâce et d'énergie!
Tout ce qu'il touche devient or.

De quels feux divers il compose
L'arc d'Iris au vol diligent!
Son Aurore a les doigts de rose;
Sa Téthys a les pieds d'argent.

Toujours neuf sans être bizarre,
Créant ses héros et ses dieux,
Que, loin des gouffres du Tartare,
Son vaste Olympe est radieux!

De Neptune frappant la terre
Le trident s'ouvre les enfers:
Tes noirs sourcils, dieu du tonnerre,
D'un signe ébranlent l'univers!

Le dieu qui foudroyait soupire,
Et l'Ida se couvre de fleurs:
Je pleure à ce tendre sourire
Qu'Andromaque a mouillé de pleurs!

Homère et la nature même
Ont su, variant leur pinceau,

M'offrir l'antre de Polyphême
Et la grotte de Calypso.

Du vrai, du simple, heureux modèle,
Qu'il est encore intéressant,
Quand d'Ulysse le chien fidèle
Expire en le reconnaissant!

Que le doux soleil de la Grèce
L'échauffe bien de ses rayons!
Mais Ossian n'a point d'ivresse:
La lune glace ses crayons.

Sa sublimité monotone
Plane sur de tristes climats:
C'est un long orage qui tonne
Dans la saison des noirs frimas.

Parmi les guerrières alarmes,
Fatiguant sa lyre et sa voix,
Il parle d'armes, toujours d'armes:
Il entasse exploits sur exploits.

De mânes, de fantômes sombres
Il charge les ailes des vents;
Et le souffle des pâles ombres
Se mêle au souffle des vivans.

Ses fleuves ont perdu leurs urnes;
Ses lacs sont la prison des morts;
Et leurs naïades taciturnes
Sont les spectres des sombres bords.

Il n'a point d'Hébé, d'ambroisie,
Ni dans le ciel ni dans ses vers:

Sa nébuleuse poésie
Est fille des rocs et des mers.

Son génie errant et sauvage
Est cet ange noir que Milton
Nous peint, de nuage en nuage,
Roulant jusques au Phlégéton.

Vive Homère et son Élysée,
Et son Olympe et ses héros,
Et sa muse favorisée
Des regards du dieu de Claros!

Mes amis, qu'Apollon nous garde
Et des Fingals et des Oscars,
Et du sublime ennui d'un barde
Qui chante au milieu des brouillards!

ODE VIII.

(1787.)

Exegi monumentum.
HORACE.

Grâce à la muse qui m'inspire,
Il est fini ce monument
Que jamais ne pourront détruire
Le fer ni le flot écumant.
Le ciel même, armé de la foudre,
Ne saurait le réduire en poudre :

Les siècles l'essairaient en vain.
Il brave ces tyrans avides,
Plus hardi que les Pyramides,
Et plus durable que l'airain.

Qu'atteste leur masse insensée ?
Rien qu'un néant ambitieux:
Mais l'ouvrage de la pensée
Est immortel comme les dieux.
Le temps a soufflé sur la cendre
Des murs qu'aux rives du Scamandre
Cherchait l'ami d'Éphestion ;
Mais quand tout meurt, peuples, monarques,
Homère triomphe des Parques
Qui triomphèrent d'Ilion.

Sur les ruines de Palmire
Saturne a promené sa faux ;
Mais l'univers encore admire
Les Pindares et les Saphos.
Frappé de cette gloire immense,
Le fameux vainqueur de Numance,
Par tant de palmes ennobli,
Voulut qu'en sa tombe honorée
D'Ennius l'image sacrée
Le protégeât contre l'oubli.

Cet hymne même que j'achère
Ne périra point comme vous,
Vains palais que le faste élève,
Et que détruit le temps jaloux.
Vous tomberez, marbres, portiques
Vous dont les sculptures antiques

Décorent nos vastes remparts ;
Et de ces tours au front superbe
La Seine un jour verra sous l'herbe
Ramper tous les débris épars.

Mais tant que son onde charmée
Baignera l'empire des lis,
De ma tardive renommée,
Ses fastes seront embellis.
Elle entendra ma lyre encore
D'un roi généreux qui l'honore
Chanter les augustes bienfaits,
Ma lyre, qui dans sa colère
A d'une Thémis adultère
Consacré les lâches forfaits.

Élève du second Racine,
Ami de l'immortel Buffon,
J'osai, sur la double colline,
Allier Lucrèce à Newton.
Des badinages de Catulle
Aux pleurs du sensible Tibulle
On m'a vu passer tour-à-tour ;
Et sur les ailes de Pindare,
Sans craindre le destin d'Icare,
Voler jusqu'à l'astre du jour.

Comme l'encens qui s'évapore
Et des dieux parfume l'autel,
Le feu sacré qui me dévore
Brûle ce que j'ai de mortel.
Mon âme jamais ne sommeille :
Elle est cette flamme qui veille

Au sanctuaire de Vesta;
Et mon génie est comme Alcide
Qui se livre au bûcher avide,
Pour renaître au sommet d'Œta.

Non, non, je ne dois point descendre
Au noir empire de la mort ;
Amis ! épargnez à ma cendre
Des pleurs indignes de mon sort.
Laissez un deuil pusillanime :
Croyez-en le dieu qui m'anime ;
Je ne mourrai point tout entier.
Eh ! ne voyez-vous pas la gloire
Qui, jusqu'au temple de mémoire,
Me fraie un lumineux sentier ?

J'échappe à ce globe de fange :
Quel triomphe plus solennel !
C'est la mort même qui me venge :
Je commence un jour éternel.
Comme un cèdre aux vastes ombrages,
Mon nom, croissant avec les âges,
Règne sur la postérité.
Siècles ! vous êtes ma conquête ;
Et la palme qui ceint ma tête
Rayonne d'immortalité.

ODE IX.

LES ROIS.

Si l'homme dut avoir un maître,
Le seul qui fut digne de l'être,
Le seul qui mérita de seconder les dieux,
C'est un sage roi de lui-même,
Et qui de tout l'éclat dont il brille à nos yeux
N'emprunte rien au diadème.

Mais ce mortel sublime et juste,
Ce monarque vraiment auguste,
Refusa d'un vain rang le dangereux honneur ;
Et sa gloire serait flétrie,
S'il eût pu consentir au funeste bonheur
De commander à sa patrie.

Ainsi la force aux mains sanglantes,
L'orgueil aux brigues insolentes,
Conquérans de la terre, en devinrent les rois ;
Ainsi leur race criminelle,
A son trône de fer sut enchaîner des lois
Qui n'auraient tonné que sur elle.

De là ces publiques furies,
Ces prodiges de barbaries,
Néron, Caligula, ces monstres couronnés,
Dont la rage en crimes féconde,
Pour frapper d'un seul coup les peuples consternés,
N'eût voulu qu'une tête au monde.

Possesseur aveugle et bizarre
Du champ public dont il s'empare,
Au lieu de cultiver le despote détruit :
C'est le Canadien sauvage,
Il coupe l'arbre au pied pour en cueillir le fruit :
Sa jouissance est le ravage.

Mais, si l'encensoir fanatique
Joint à la hache despotique,
Jure de l'univers l'esclavage éternel,
C'est alors que la race humaine,
Sous le poids écrasant du trône et de l'autel,
Rampe et meurt en baisant sa chaîne.

Tel on voit l'animal utile,
Qui traçant un sillon fertile,
Engraisse à ses dépens son maître et son bourreau,
Sous le joug il use sa vie ;
Et pour fruit de sa peine il meurt sous un couteau,
Et de la main qu'il a nourrie.

O toi que la pourpre environne,
Ne vante point l'éclat du trône,
Si tu le dois au sang d'aïeux usurpateurs.
Mais si par un libre suffrage
Ces peuples l'ont donné, ces peuples bienfaiteurs
Devaient-ils craindre leur ouvrage ?

Rois, déposez votre tonnerre :
Implorez l'amour de la terre.
Renversez, détruisez ces tours, ces noirs remparts,
Complices de la tyrannie ;

Que de la liberté, sur leurs restes épars,
    S'élève et plane le génie.

    Pourquoi cette guerrière élite ?
    Pourquoi le fer du satellite
Qui place la terreur entre le peuple et vous ?
    Ah ! vos craintes sont une offense :
Entourez-vous de cœurs, monarques, aimez-nous,
    L'amour sera votre défense.

    Voulez-vous mériter l'empire ?
    De l'humanité qui soupire
Calmez, séchez les pleurs, craignez de perdre un jour.
    Condamnés à l'orgueil du trône,
A force de vertus, et de soins et d'amour,
    Rois, expiez votre couronne.

    Malheur au roc inaccessible
    Dont la cime aride et terrible,
De sa hauteur stérile épouvante les yeux !
    Gloire à ces montagnes fécondes
Qui semblent n'élever leur tête dans les cieux
    Que pour mieux prodiguer leurs ondes !

    Loin des oreilles souveraines,
    O vous, dangereuses sirènes,
Vous qui les chatouillez de sons adulateurs :
    Et toi, vérité noble et sainte,
Perce à travers la foule et l'encens des flatteurs ;
    Parle sans détour et sans crainte.

    Qu'à ta voix frissonne et pâlisse
    Ce lâche et perfide Narcisse,

Des passions du maître esclave sans pudeur,
   Qui de la couronne éclipsée
Emprunte effrontément une vile splendeur,
   Prix infâme du caducée;

   Brise les cachets tyranniques
   De ces oppresseurs politiques,
Du pâle citoyen nocturnes ennemis !
   Si leur vengeance est légitime,
Qu'à la sainte clarté du flambeau de Thémis,
   Elle ose frapper sa victime !

   Qu'à son tour soit jugé lui-même
   Ce juge affreux qui te blasphème,
Et souilla trop long-temps la pureté des lois !
   Que la justice réparée
Soit du bonheur public et du trône des rois
   La base éternelle et sacrée !

   Éteins les guerres homicides ;
   Que le souffle des Euménides
Ne fasse plus rugir les bronzes enflammés !
   Ferme ces bouches effrayantes
Qui lançaient le courroux des souverains armés,
   Et leurs réponses foudroyantes !

   Il est de ces vainqueurs sauvages
   Dont le char traîne les ravages,
Rois dévorant leur peuple au milieu des combats ;
   Mais il en est dont la faiblesse
Laisse à pas indolens descendre leurs états
   Dans les tombeaux de la mollesse.

Au sein des nymphes d'Amathonte
Voyez-les endormis sans honte,
Sacrifier leur gloire aux lâches voluptés,
Et d'amour esclaves suprèmes,
Sur le front insolent des plus viles beautés
Humilier leurs diadèmes.

Le trône n'a pu les absoudre,
Ils avaient usurpé la foudre,
Et de l'encens des dieux enivré leur orgueil :
Mais frappés d'une mort impure,
Ils vont au lieu funèbre où le ver du cercueil
Attend sa royale pâture.

O rois ! vos passions sinistres
Ont en vain de lâches ministres;
Vos crimes, sous le dais, en vain sont adorés :
Craignez les dieux, craignez ma lyre;
Craignez l'affreux remords : sous vos lambris dorés,
Il vous atteint et vous déchire.

Autant l'univers les abhorre,
Autant cet univers adore
Marc-Aurèle, Trajan, Louis douze et Titus,
Et ce Henri de qui la gloire
Fit monter sur un trône entouré de vertus,
La bienfaisance et la victoire.

Bon roi ! monarque vraiment père !
Sur la France qui te fut chère,
Jette du haut des cieux un regard satisfait;
Vois Louis calmer les tempêtes !

Vois la fière Albion subir enfin la paix,
    Et nos lis relever la tête.

    Ah! parmi les règnes tragiques,
    Les jours sanglans et léthargiques
Qui firent des humains l'opprobre et les malheurs,
    S'il naît de ces âmes divines,
S'il suit un règne heureux, en essuyant ses pleurs,
    Cybèle sort de ses ruines.

    Ainsi, quand d'horribles nuages,
    Sur les mers soufflent les naufrages,
Et lancent sur nos bords les vents, l'onde et les feux;
    Parmi les éclats du tonnerre,
Si quelque doux rayon fend l'Olympe orageux,
    Il console un moment la terre.

    Tyrans! les nations sommeillent.
    Ah! si jamais ils se réveillent,
Ces peuples souverains détrônés par les rois!
    Si les abus de la puissance
Rendaient à l'homme enfin le premier de ses droits,
    La douce et fière indépendance!

    Oh! qu'alors ma lyre superbe,
    Rivale des chants de Malherbe.
Aimerait à conter nos maux évanouis!
    Horace a vu les fers du Tibre:
Moi je verrais la Seine, amante de Louis,
    Rouler une onde toujours libre.

FIN DES ODES.

ÉLÉGIES.

ÉLÉGIES.

LIVRE PREMIER.

—

ÉLÉGIE I.

A FANNI.

Ah! fuyons des cités le profane séjour.
Viens trouver au hameau la nature et l'amour,
Fanni! viens m'embellir les champêtres asiles.
Que les amans de l'art se plaisent dans les villes!
De leurs riches palais nocturnes habitans,
Ils ne connaissent plus l'aurore et le printemps :
Ils ont dans le cristal des fleurs décolorées,
Tristes et sans parfums, de Zéphire ignorées :
Leurs fruits impatiens devancent les saisons ;
De Pomone trop lente ils méprisent les dons.
Leurs goûts sont insensés ; leurs âmes sont arides ;
Morphée est le seul dieu de leurs jours insipides ;
En des jeux fatigans ils consument leurs nuits,
Et leur triste bonheur est de changer d'ennuis.

Heureux qui de Palès respirant tous les charmes,
Va surprendre l'aurore à ses premières larmes,
Et d'un pied matineux effleurant le gazon,
De l'oiseau qui s'éveille entend le premier son!

Heureux ! si le premier cueillant la fleur naissante,
J'en pare ton beau sein, ô ma fidèle amante !
Ou d'un nid que la feuille à peine couvre encor,
Je mets sur tes genoux le frêle et doux trésor :
Et la timide mère, inquiète, éperdue,
Qui le protége encor de son aile étendue !
Mais, j'entends les regrets du père et de l'époux !
O ma Fanni ! cédons à des regrets si doux.
Ah ! remettons ce nid dans son palais mobile ;
Croissez, petits oiseaux ! goûtez un sort tranquille ;
Que jamais l'épervier, ni l'autour ravisseur,
Ni le plomb criminel lancé par le chasseur,
N'abrègent de vos jours l'innocente durée,
Et ne fassent gémir une veuve éplorée.

    Quelle âme est insensible aux attraits ingénus
De ces plaisirs si purs à la ville inconnus ?
Au seul nom des hameaux l'âme s'échappe entière ;
Des pleurs délicieux humectent la paupière.
Là, Cérès a pour nous déployé ses tapis :
L'émeraude y promet l'or fécond des épis.
Là, d'une source vive entre les fleurs errante,
Bondit à pas légers la nymphe transparente.
Là, Philémon, Baucis, époux jadis heureux,
Se plaisent d'enlacer leur feuillage amoureux.
Syrinx est ce roseau qu'un doux zéphyr caresse.
Là, tout parle d'amour, tout plaît, tout intéresse.
Tout porte au cœur ému de saints ravissemens ;
La nature y sourit au bonheur des amans.
Le tendre Amour dut naître au sein d'une prairie :
Là, du nectar des fleurs son enfance nourrie,
Goûta les jeux naïfs des rustiques hameaux ;

Et sa bouche divine enfla les chalumeaux.
Souvent il se mêlait aux danses des bergères,
Ou tressait en osier des corbeilles légères.
Quelquefois de ses mains un guéret sillonné,
Sourit de voir un soc de myrte couronné.
Avec son Adonis Vénus même sans honte
A porté la houlette aux rives d'Amathonte.
Amante d'un lait pur, souvent sa belle main
D'une mère bêlante a su presser le sein.

Que Vénus, que l'Amour soient encore nos maîtres !
Ah ! ne dédaignons point ces délices champêtres.
Avec l'aube éveillé, quel charme de te voir
En longs cheveux épars soulevant l'arrosoir,
Prodiguer une eau pure aux tiges parfumées
Des fleurs que ton amant lui-même aura semées,
Ou conduire avec art aux voûtes des berceaux
Du jasmin odorant les flexibles rameaux,
Ou tondre d'un gazon la pointe jaunissante,
Ou relever d'un cep l'espérance penchante ;
Ou quelquefois au bois, d'un caprice enfantin,
Secouer sur mon front les perles du matin ;
Et cueillir avant moi, sur la branche agitée,
La noisette trompeuse et souvent rejetée !
Loin des palais dorés, séjour des noirs soucis,
Quel charme, dans la grotte où nous serons assis,
De voir ces longs troupeaux qui blanchissent la plaine,
Et la chèvre qui pend à la roche lointaine ;
Et le jeune pasteur qui, les suivant toujours,
Confie au chalumeau ses rustiques amours,
Tandis que sa bergère attache à sa houlette
Le prix de ses chansons, la simple violette !

Quand le soir, ramenant l'étoile du berger,
Imposera silence au chalumeau léger,
Et que l'aimable oiseau qui se plaint de Térée,
Charmera les forêts de sa voix éplorée,
Émus de ses accens, touchés de ses douleurs,
A nos tendres baisers nous mêlerons des pleurs.
Crésus et tout son or, source de ses alarmes,
Ne saurait acheter ces précieuses larmes.

ÉLÉGIE II.

Qu'il fut barbare! il eut un cœur de diamant,
Le premier qui ravit l'amante à son amant!
Et l'amant qui survit au jour qui les sépare,
Lui-même porte un cœur insensible et barbare.

Je n'ai point, ô Fanni! cet insensible cœur:
De ton absence, hélas! je sens trop la rigueur.
Entraîné loin de toi par l'aveugle fortune,
Combien j'ai combattu sa faveur importune!
Combien je regrettais ce rivage enchanté,
Où Vénus me fit voir ta naissante beauté:
Et la douce retraite aux Argus inconnue,
Où j'appris le secret de la flamme ingénue;
Et ces jardins rians où mon timide espoir
Attendait mon amante avec l'astre du soir!
Enfin de ces regrets la Parque me délivre;
En cessant de te voir, j'ai dû cesser de vivre.
Je l'aimais trop; je meurs victime de mes feux.

O toi pour qui j'expire, entends mes derniers vœux!
Quand de tes doux attraits l'amant et le poëte
Ne seront plus qu'une ombre, une cendre muette;
Quand ma froide dépouille, étendue au cercueil,
Sera couverte, hélas! du funèbre linceul,
L'Amour te portera cette triste nouvelle;
Il guidera vers moi ta démarche fidèle.
Ta douleur va tromper les yeux de tes Argus;
Elle fuira ces bords que je ne verrai plus.
L'Amour, t'enveloppant de l'azur d'un nuage,
Aux regards indiscrets voilera ton passage.
Pour la dernière fois tu suivras son flambeau
Vers l'asile où la mort a creusé mon tombeau.

Descends, ô ma Fanni! sous la voûte sacrée
Où de mon ombre encor tu seras adorée.
Viens orner mon cercueil de cyprès et de fleurs;
Viens, les cheveux épars, l'arroser de tes pleurs.
Prends des mains de l'Amour le trait qui t'a blessée;
Et de ce trait de feu, sur ma tombe glacée,
D'une fidèle main viens écrire, en pleurant,
Ces vers qu'Amour, hélas! te dit en soupirant:
« Sous ce marbre repose une ombre qui m'adore;
» S'il n'eût aimé Fanni, Mysis vivrait encore. »

ÉLÉGIE III.

AU BILLET QUE J'ENVOIE A FANNI.

Billet que je confie aux ailes de l'Amour,
Pars, vole à ce que j'aime annoncer mon retour.

Ah! dis bien à Fanni m'a vive impatience!
Dis que je vais demain respirer sa présence!
Demain l'aube verra mon rapide coursier
Qui devance, en courant, le vol de l'épervier,
D'un pas ailé, franchir, en dévorant sa trace.
Ces huit termes jaloux qui prolongent l'espace.
Demain, demain Fanni doit par mille faveurs
D'un exil douloureux me payer les rigueurs.

　Doux billet! ne va point révéler ce mystère :
Trompe de ses Argus la vigilance austère;
Que l'amour te dérobe à tout regard malin;
Que Fanni te prenant d'une furtive main,
Et d'un regard oblique essayant de te lire,
Te glisse près du cœur où son amant respire.
Tu sentiras ce cœur, plein d'un trouble charmant,
Te demander Mysis à chaque mouvement,
En désirs éperdus s'égarer, se confondre,
Te presser, te parler, t'écouter, te répondre,
Gémir impatient des obstacles jaloux,
Et voiler de soupirs son timide courroux.

　Oh! que des sombres nuits l'heure si désirée
Va lui rendre importuns les jeux de la soirée,
Et les tristes lenteurs du nocturne festin!
Douze fois l'airain sonne : elle s'échappe enfin
Vers l'alcove discrète où la beauté repose :
Un lin pur y reçoit et l'albâtre et la rose.

　Heureux billet! c'est là que, bravant les Argus,
Au flambeau de l'Amour, Fanni, les yeux émus,
Va te lire cent fois pour te relire encore;
Et tu reposeras sur un sein que j'adore!

ÉLÉGIE IV.

O nuit voluptueuse ! ô lit cent fois heureux !
Asile et confident des baisers amoureux,
Lit, où j'ai caressé mon amante fidèle ;
Rideaux que le plaisir agitait autour d'elle ;
Doux flambeaux dont l'éclat animait nos discours.
Et ces folâtres jeux, prélude des amours :
Ombres dont la faveur et les voiles complices
Encouragent Vénus aux dernières délices ;
Ah ! sans cesse à mes yeux retracez les appas
Qu'Amour si doucement fit mourir dans mes bras !
Sans cesse peignez-moi les querelles badines,
Les refus irritans, les caresses divines,
Et des baisers si doux le murmure enflammé,
Que suit, plus doux encore, un silence pâmé !....

Mais la nuit déroba mon bonheur dans ses ombres ;
Un triomphe si doux eut des plaisirs trop sombres.
Sans doute un demi-jour sert mieux la volupté ;
Et j'aime à voir rougir la timide beauté ;
Dans les yeux des amans Vénus a mis leur âme,
L'œil reçoit, lance et guide une amoureuse flamme.
Ce berger, qui ravit d'infidèles appas,
Vit Hélène, sans voile, au lit de Ménélas ;
Endymion sans voile, au lit de son amante,
Caressait d'un beau corps la nudité charmante :
Imitons-les, Fanni ! n'attend pas que ton sein
Échappe mollement au baiser incertain.
Enivre mes regards des charmes que j'adore ;

Préviens l'affreuse nuit qui n'aura point d'aurore;
Entrelaçons nos bras, et qu'un lien si beau
De la Parque jalouse affronte le ciseau.
Que du tendre ramier l'aile voluptueuse
Presse moins vivement sa colombe amoureuse.
Hélas ! et s'il n'est point d'immortelles amours,
Du moins ne leur donnons de termes que nos jours.

Ah ! tu verrais courir les fleuves vers leur source,
L'Aurore conduirait le char glacé de l'Ourse,
La flamme du Soleil s'éteindrait dans les cieux,
Avant ce feu si pur allumé par tes yeux !
Mon sort est de t'aimer, et de t'aimer sans cesse;
De mourir dans tes bras d'une éternelle ivresse.
A cette heureuse nuit donne souvent des sœurs :
Je préfère au nectar de si douces faveurs.
L'amant qui peut sucer tes lèvres demi-closes
Boit l'immortalité dans leur coupe de roses.

ÉLÉGIE V.

L'absence me ravit les charmes que j'adore,
Dieux jaloux ! est-ce en vain qu'un amant vous implore?
Vos autels sont-ils sourds à des vœux innocens?
Le ciel se jouerait-il de mon crédule encens ?

Que Choiseul ait d'un roi le faste et les richesses :
Mes vœux sollicitaient de plus douces largesses.
Mon amour, peu jaloux d'une vaine splendeur,
Ne demandait au ciel ni l'or ni la grandeur.

Ni ces palais brillans d'une pompe insultante,
Ni ces riches moissons que la Sicile enfante,
Ni ces cristaux dont l'Inde enorgueillit ses bords ;
Tes baisers, ô Fanni ! valent tous ces trésors :
Riche de tes faveurs, que m'importe un empire ?
Mais quel jour me rendra ta vue et ton sourire ?

L'amour a des terreurs que lui seul peut calmer :
Cette nuit même un songe est venu m'alarmer.
Ah ! d'un trop juste effroi je n'ai pu me défendre :
Le songe était affreux,... il te peignait moins tendre.

Que la Fortune et Mars gouvernent l'univers :
Qu'ils sèment à leur gré la gloire et les revers :
Que par des nœuds secrets s'alliant à la Seine,
Le Rhin contre la Sprée arme le Boristhène,
Et du seul Frédéric assiége les états ;
Qu'il triomphe ou qu'il tombe après tant de combats ;
Rien ne saurait troubler ma paisible assurance :
Je ne crains, ô Fanni, que ton indifférence ;
Je ne forme des vœux qu'en faveur de l'amour ;
Chacun de mes soupirs demande ton retour.
Je voulais dans tes bras consumer ma jeunesse ;
Je voulais sur ton sein réchauffer ma vieillesse ;
Je voulais, à tes pieds, mourant de volupté,
Descendre, plein d'amour, aux rives du Léthé.

Là, chantant les attraits dont tu fus embellie,
Mes vers rendront jaloux et Tibulle et Délie.
Gallus, Catulle, Ovide et La Fare et Chaulieu,
A ma flamme, à mes chants reconnaîtront leur dieu.

Mais dans quels vains transports égaré-je mon âme,

Quand ton absence, hélas! glace et trahit ma flamme?
Quand, au dernier billet que ta main a tracé,
Un mot affreux... (les pleurs l'avaient presque effacé!)
M'apprend de tes Argus la haine et les obstacles?

Aime! et crois que l'amour est le dieu des miracles.
Revole, chère amante, aux bords de nos ruisseaux :
Ah! Fanni! c'est ton nom que murmurent ces eaux;
C'est ton nom qu'en ces bois soupire Philomèle ;
Cet ombrage, mon cœur et ce gazon t'appelle.
Reviens! et toi, Vénus! calme enfin mon tourment ;
Et rends ma jeune amante à son fidèle amant.

ÉLÉGIE VI.

FAITE PENDANT UNE HÉMORRAGIE VIOLENTE, ET QUE PENSA
DEVENIR MORTELLE.

Le sang baigne, à longs flots mes lèvres pâlissantes ;
Et mon Tibulle échappe à mes mains défaillantes.
De mon sein oppressé les pénibles efforts
Y tourmentent la vie, et brisent ses ressorts.
Dans ce combat mortel et de glace et de flamme,
Fanni seule, Fanni retient encor mon âme :
Ma voix en expirant, soupire ce doux nom;
Et de ma lyre éteinte il est le dernier son.
Ma lyre avait promis de la rendre immortelle,
Et devait au printemps défier Philomèle!
Le printemps reviendra pour Philomèle ;... et moi,
D'un silence éternel j'aurai subi la loi.
Les roses reviendront; et cette main absente

N'aura point le bonheur d'en parer une amante!
Des myrtes, des lauriers que je devais cueillir,
Tout l'espoir avec moi va donc s'ensevelir ?

O mort ! divinité si terrible au vulgaire,
Je ne crains pas le coup de la main sanguinaire :
De mes jours mal tissus romps le faible lien ;
La vie est peu de chose ; et toi-même n'es rien.
Mais quitter à-la-fois une amante et la gloire,
Sans avoir consacré ses feux et sa mémoire !
Mais dans la foule obscure indignement périr !
Cette mort est affreuse, et c'est plus que mourir !

ÉLÉGIE VII.

L'heure fatale accourt, d'un long crêpe voilée,
Terrible, et conduisant la Parque échevelée ;
Elle accourt !... je la vois !... j'entends son vol affreux.
Tel fond l'avide autour sur un cygne amoureux ;
Tel le noir épervier, d'une aile frémissante,
Vole, suit, presse, atteint la colombe innocente,
Qui, du char de Vénus séparée un moment,
Par ses cris douloureux l'implore vainement.

Loin de tes yeux, Fanni, la tombe me dévore ;
Tu n'entends plus la voix d'un amant qui t'implore.
Enlevé de tes bras et du sein des amours,
Les chagrins de l'absence ont flétri mes beaux jours.

Que tu verrais Mysis différent de lui même !
Son cœur n'est point changé ; puisqu'il respire, il t'aime.

Mais ce n'est plus ce front riant et fortuné,
Tant de fois par tes mains de myrtes couronné :
Ce n'est plus cet amant que tes lèvres de rose
Enivraient du nectar dont Vénus les arrose ;
Ce n'est plus ce Mysis qui, plein de feux si doux,
Seul aimé, t'aimant seule, a fait tant de jaloux.
Il jouissait alors de ta douce présence ;
Sa vie est dans tes yeux ; il meurt de ton absence.

    Je jurai mon retour à tes embrassemens.
La mort, la mort jalouse a rompu mes sermens ;
Sa brûlante fureur circule dans mes veines :
L'art se trouble, s'épuise en ressources trop vaines,
Et mon sang qui jaillit sous des couteaux mortels,
A neuf fois de la Parque arrosé les autels.
La Parque sur mon lit terrible et menaçante,
Foule d'un pied sanglant ma tête gémissante.
L'Amour repousse en vain l'inexorable faux :
Sa main faible ne peut désarmer Atropos :
La cruelle triomphe, et son souffle homicide
Desséchant les pavots sur ma paupière aride,
Fait bouillonner mon sang à flots séditieux.
Je brûle, je frissonne ; un voile est sur mes yeux ;
Mes yeux ne verront plus ni les fleurs, ni l'aurore :
Ni les yeux de Fanni plus séduisans encore :
Ces yeux que je chantais et baisais tour-à-tour,
Ces yeux où je puisais le génie et l'amour.

    Amour ! Vénus ! et vous, ô Filles de mémoire !
Promettiez-vous ce sort à mes feux, à ma gloire ?
De Mysis, de Fanni les noms entrelacés,
Dans vos fastes brillans devraient être placés.

Le chantre de Fanni, sur la double colline,
Eût effacé les noms d'Ovide et de Corinne ;
Et je meurs... sans remplir ces destins éclatans !

Après l'instant suprême est-il d'autres instans ?
S'il en est, ô Fanni ! si l'âme est immortelle,
Si des feux de l'esprit il reste une étincelle,
Qu'elle passe en ton sein, ô ma chère Fanni !
A moi-même échappé, de moi-même banni,
Deviens pour ton amant l'immortel Élysée :
Que mon âme revole où je l'avais puisée.
J'adorerais le Styx, éclairé par tes yeux,
Et l'Olympe sans toi me serait odieux.

Mais quel affreux nuage enveloppe ma lyre ?
Où suis-je ? où vais-je ? ô dieux ! quel funèbre délire
Trouble mes sens voilés des ombres du trépas ?
Quels lugubres objets s'attachent à mes pas ?
J'entrevois de la Mort les horribles ministres
Entraînant mon cercueil à pas lents et sinistres...
Ce spectacle, ô Fanni ! devais-tu le prévoir ?
Chère amante ! est-ce ainsi que j'ai dû te revoir ?
Un doux espoir te flatte ; et rien ne te révèle
Du trépas d'un amant la sanglante nouvelle.

Ce deuil, ce sombre éclat des lugubres flambeaux,
Ces longs crêpes, épars en funèbres lambeaux,
Ces voiles noirs, semés de larmes blanchissantes,
D'un corps pâle et glacé parures impuissantes,
Ces cantiques de mort, ces lamentables cris,
D'une secrète horreur vont glacer les esprits.

Hélas ! tu m'accusais d'une trop longue absence :

Malheureuse ! tu vas jouir de ma présence !
Ta flamme n'attend pas un amant au cercueil ;
Mais déjà de ta porte il ombrage le seuil ;
Il passe sous tes murs : ta fenêtre s'entr'ouvre ;
Ton œil, avec effroi, s'égare et le découvre.
« O ciel, t'écriras-tu peut-être en ce moment,
» D'un semblable destin préserve mon amant ! »
Ton amant ! il n'est plus ! hâte-toi de descendre ;
Le cercueil te ravit sa fugitive cendre ;
Mon ombre peut encor goûter quelques douceurs :
Enlève ton amant aux prêtres ravisseurs :
De ces vautours sacrés un lugubre nuage
De mon cercueil en vain te défend le passage.

Accours ! et romps le joug des timides égards ;
De plus près sur ma tombe attache tes regards :
Fais parler tes sanglots, ton silence, ta flamme,
Et ces larmes d'amour, souveraines de l'âme !
Va, le sceptre des rois est moins impérieux
Qu'une larme timide échappée à tes yeux.

Ose aimer sans rougir ; ose avouer ta perte ;
Lève ces noirs atours dont ma tombe est couverte ;
Gémis sur ton amant ! tes soupirs, tes douleurs.
Tes regrets, tes sanglots vont passer dans les cœurs.
Ose me disputer à la Parque farouche :
Mets ton cœur sur mon cœur, ta bouche sur ma bouche ;
Couvre de tes baisers et mes yeux et mon sein...
Tu sentiras mon cœur palpiter sous ta main !

ÉLÉGIE VIII.

A NÉMÉSIS.

Toi, qu'invoque en ses pleurs l'innocent qu'on outrage,
Toi, qui semblais trahir mes vœux et mon courage,
Des crimes de l'Amour, des crimes de Thémis,
Tu me venges enfin, tardive Némésis !
Tu me fais de ta coupe enfin goûter les charmes.
Avant ce doux nectar, ô que j'ai bu de larmes !
Sous mes pas innocens que de piéges dressés !
Quel noir et long tissu de maux entrelacés !
J'ai, durant sept hivers, jouet d'un sort barbare,
Fatigué de Thémis le labyrinthe avare,
Depuis ce jour, fatal au reste de mes jours,
Qui de treize ans d'hiver empoisonna le cours.

Ah ! le calme riant de mes jeunes années
M'annonçait-il, grands dieux ! ces noires destinées ?
Quand je parais Fanni de myrtes et de fleurs,
Ah ! croyais-je à Fanni devoir un jour des pleurs ?
Quand je fermai sa tombe aux dépens de ma vie,
Pensais-je qu'elle-même un jour me l'eût ravie ?
Ma candeur n'eût jamais soupçonné ces revers.
De mes illusions je parais l'univers.
Je me fis des vertus une chimère auguste.
J'osais même penser que Thémis était juste.
Dans mes douces erreurs j'avais sacrifié
Au tendre et pur amour, à la sainte amitié.
Ta mort, jeune Racine ! et les pleurs des Corneilles,

En pénétrant mon âme, inspirèrent mes veilles.
L'éclat de l'or jamais n'éveilla mes désirs.
Fanni, les arts, la gloire enchantaient mes loisirs ;
Je voyais dans Fanni, moins épouse qu'amante,
De mes destins heureux la compagne charmante ;
Et par leurs tendres soins une mère, une sœur,
Eussent fait de mes jours envier la douceur.
J'aimais, je cultivais, je chantais la nature,
Que mon cœur était loin de croire à l'imposture !
Qu'un enfant des neuf sœurs est facile à tromper !
Je caressai la main qui devait me frapper !
D'un ennemi trop cher complaisante victime,
Tranquille, je dormais sous le poignard du crime :
Le noir complot m'éveille en éclatant sur moi.

Sans doute il éprouva moins de trouble et d'effroi,
Le premier qui, rasant le cap de la Tempête,
D'un nuage imprévu vit fondre sur sa tête
La nuit, les vents, la foudre à grands coups redoublés,
Et l'ouragan roulant les flots amoncelés.

Que de fois, Némésis, dans ce funeste orage,
Mon fragile vaisseau fut voisin du naufrage !
Que de fois j'appelai les dieux à mon secours !
Et les flots, et les vents, et les dieux étaient sourds.
Tu vis le triple nœud de ce complot infâme ;
Tu vis s'armer ensemble et mère, et sœur, et femme ;
Tu vis leur noire audace, ô crime ! ô triple horreur !
De leurs coups sur moi seul diriger la fureur ;
Tu les vis toutes trois, s'acharnant à leur proie
Puiser dans mes tourmens une exécrable joie ;
Et de mes tristes jours se disputant la fin,

Se faire de ma vie un funeste butin.

O Méléagre ! ainsi ton effroyable mère
Te dévouait aux feux qu'alluma sa colère ;
Ainsi l'horrible sœur d'Absyrthe massacré,
Dispersait en lambeaux son frère déchiré ;
Ainsi de Danaüs les filles exécrables,
Au sang de leurs époux baignaient leurs mains coupables.
Mais aucun d'eux n'a vu, dans ses derniers abois,
Épouse, et mère, et sœur, le frapper à-la-fois.

Ah ! tu vis plus encor ! tu vis leur calomnie
Des lois contre mes jours armer la tyrannie ;
Tu vis l'indigne chef d'un indigne sénat,
Au poignard de Thémis dicter l'assassinat ;
Tu le vis, souriant de sa lâche puissance,
Aux pieds même du crime égorger l'innocence.

Et moi je m'écriais, en regardant les cieux :
Viendras-tu, Némésis, justifier les dieux ?
Laisseras-tu dormir ta vengeance et leur foudre ?
Est-ce sur mon tombeau que tu dois les absoudre ?
Et par le vain récit des monstres terrassés,
Penses-tu réjouir mes ossemens glacés ?
Complice du forfait que tu n'oses confondre,
C'est en l'exterminant que tu dois me répondre.

Et tu restais muette au cri de mes douleurs !
Et le succès du crime insultait à mes pleurs !
Et j'entendais gronder la haine étincelante !
Et je voyais pâlir l'amitié chancelante !
Et dans cet univers, saisi d'un lâche effroi,
Contre tous mes tyrans je n'avais plus que moi.

Je dévorai mes pleurs, et j'embrassai ma lyre.
Armé de l'infortune, ivre d'un saint délire,
Mon génie indigné tonna sur les pervers.
Je condamnai leur chef aux tourmens des enfers ;
Dans les siècles futurs je traînai sa mémoire :
Je le couvris de honte au flambeau de la gloire ;
Et son nom, expirant sous ma juste fureur,
Déjà de l'avenir est l'opprobre et l'horreur.

     Viens, viens, ô Némésis ! seconde ma vengeance ;
Sur mes lâches tyrans frappons d'intelligence !
Périsse jusqu'au nom d'un sénat odieux,
Et qu'un fils d'Apollon soit vengé par les dieux !

ÉLÉGIE IX.

     L'infidèle a rougi de son lâche parjure !
Elle veut réparer l'irréparable injure
D'une amante qui laisse expirer son amant
Dans la jalouse horreur du plus affreux tourment.
Mais, comment de son crime effacer la mémoire ?
Tant de fois abusé, pourrais-je encor la croire ?
Pourrais-je démentir mes oreilles, mes yeux ?
Ah ! je démentirais les astres et les dieux !
C'est amour qui l'ordonne ; oui ! je la crois encore.
Eh ! comment ne pas croire, hélas ! ce qu'on adore !
Jusqu'à la haine en vain je poussais ma fierté ;
Et ma haine adorait sa fatale beauté.
Son crime lui prêtait encor de nouveaux charmes ;
J'aurais de tout mon sang voulu payer ses larmes !
Un regard me donnait ou la vie ou la mort.

Aujourd'hui qu'elle atteste un fidèle remord,
Puis-je à son âme, hélas ! ne pas ouvrir mon âme !
Prête à donner le jour au gage de sa flamme,
Elle a posé ma main sur ses flancs douloureux,
Et pénétrant mon cœur d'un regard amoureux :
Si je touche, dit-elle, à mon instant suprême,
Si mon fils, en naissant, m'enlève à ce que j'aime,
Je revivrai pour toi dans cet enfant chéri,
Un jour, en le pressant sur ton sein attendri,
Ton amour donnera des pleurs à ma mémoire :
Mes lettres, de nos feux lui conteront l'histoire :
Il verra quelle ardeur avait su m'enflammer ;
Instruit par mon amour, qu'il apprenne à t'aimer.
Il y verra le cœur de la plus tendre amante :
Il lira mes baisers, ma flamme impatiente,
L'ivresse des plaisirs, l'ivresse des douleurs,
Et ton absence encore écrite par mes pleurs.
Il y verra mon nom, le nom d'Adélaïde,
Ce doux nom... qui n'est plus celui d'une perfide.
Et ces mots, tant baisés : *Toi seul fais mon destin ;*
T'aimer, c'est respirer un sentiment divin !
Ah ! crois-moi, cher amant ! cette ligne de flamme,
Mieux que dans mon billet, respire dans mon âme.
Si je vis, mon amour ne peut qu'être éternel ;
J'en atteste mon fils et ce sein maternel !
Ton fils m'a rappelé à l'amour de son père ;
Il te demande aussi la grâce de sa mère.
Son cœur est le doux nœud de ton cœur et du mien ;
Nous serons toujours trois dans un même lien.

Alors, malgré Lucine et ses douleurs cuisantes,
Me couvrant de baisers et de larmes brûlantes,

Avec un doux souris mêlé de pleurs amers :
Ah ! je souffre pour toi des maux qui me sont chers !
Va ! si je brûle encor d'une flamme volage,
Puissent tous mes attraits se flétrir avant l'âge !
Ne crains plus de mon cœur l'égarement fatal ;
De mes yeux, pour jamais, j'ai banni ton rival.

Eh ! je n'en croirais pas ces promesses sacrées
Que jurent à mon cœur des lèvres adorées !
Ah ! malheur à l'amant dans sa haine endurci ,
Et qu'une amante en pleurs n'a jamais adouci !
De mon crédule amour dussé-je être victime,
Tes pleurs, Adélaïde ! ont effacé ton crime !

ÉLÉGIE X.

SUR UN FILS D'ADÉLAIDE,

Né le premier mai 1781, et mort le 21 juin 1782.

O d'un amour trahi cher et dernier lien !
Enfant d'Adélaïde !... ô toi qui fus le mien !
Des plus tendres baisers, gage, hélas ! peu durable,
Tu m'es ravi ! tu meurs ! enfant trop déplorable !
De ma perfide amante en naissant séparé,
Sur le sein maternel tu n'as pas expiré ;
Enfant ! jouis du moins des larmes de ton père.

Muses ! donnez des fleurs à sa tombe légère :
Toi, Vénus, dont le myrte honora son berceau,

Hélas ! d'un noir cyprès couronne son tombeau.
Tu n'es plus, ô mon fils ! trop semblable à la rose,
Sous tes pas innocens nouvellement éclose,
La Parque a moissonné tes rapides instans.
Lorsqu'à peine tes yeux ont revu le printemps :
Né dans le mois des fleurs, tu disparais comme elles.

Tu n'éprouveras point d'amantes infidèles :
Une parjure épouse, à l'aide de Thémis,
Ne te punira pas des maux qu'elle a commis.
Une sœur odieuse, à ta perte animée,
Ne te lancera point sa langue envenimée.
Tes pas, qui du berceau descendent au cercueil,
A peine de la vie ont effleuré le seuil.
Ta mort trompe les maux qui suivent l'existence ;
Mais elle trompe aussi ma plus douce espérance.
Je croyais que l'amour t'avait formé pour moi :
Mon cœur dans l'avenir se reposait sur toi ;
C'est pour toi que, fuyant la vaste solitude
D'un monde où règnent seuls l'or et l'ingratitude,
Mon âme se formait un univers plus doux,
Peuplé d'êtres plus purs, et plus dignes de nous ;
Univers où l'amour n'était plus un vain songe,
Ni l'amitié constante un rapide mensonge ;
Univers où les cœurs étaient le prix des cœurs :
Où l'or n'achetait point de serviles faveurs.

Ta bouche eût effacé par ses caresses pures
Les crimes de ta mère et ses baisers parjures ;
Tes douleurs auraient su consoler mes douleurs :
Et nous eussions goûté les délices des pleurs.
Ta main sans doute un jour eût fermé ma paupière ;

Si quelque gloire un jour eût lui sur ma carrière,
De ses nobles rayons tu te serais paré ;
Et le nom de mon fils t'eût peut-être honoré :
Mais ton ombre a du Styx franchi les flots livides.

Ah ! tu l'avais frappé de tes vœux homicides,
Mère affreuse ! la haine et la mort tour-à-tour
M'enlèvent une amante et les fruits de l'amour.
Parque barbare, achève ! achève ! et prends ma vie !
(Ah ! sa plus douce part déjà m'était ravie !
Une amante et mon fils en faisaient la moitié.)
Ou si tu m'épargnais, cruelle par pitié,
Prête, prête ton glaive aux mains d'Adélaïde ;
Dieux ! avec quel plaisir, l'ingrate, la perfide
Plongerait tout entier ce glaive dans un sein
Qu'amour fit tant de fois palpiter sous sa main !
Elle y reconnaîtrait la première blessure
Que me fit cette main trop fatale et trop sûre ;
Elle y verrait mon cœur, sanglant et déchiré,
Détestant cet amour dont il est dévoré.
Qu'elle m'arrache, hélas ! et sa funeste flamme,
Et la mort de son fils vivante dans mon âme !
Qu'elle rejoigne un père à ce fils malheureux :
Et que sa rage au moins nous unisse tous deux !

ÉLÉGIE XI.

LE SONGE.

D'un piége inévitable ai-je pu me défendre ?
Amour ! fatal amour ! et toi, Zelmis, et toi

Dont la douce amitié m'enchaîna sous sa loi,
Tu prêtais à l'amour ta voix flatteuse et tendre.
Ah! qui veut fuir l'amour ne doit jamais t'entendre!

Hier, quand la nuit sombre, enveloppant les cieux,
Fendait les airs glacés d'un char silencieux,
Assis auprès de toi, vers ton foyer paisible,
Tes accens me liaient d'une chaîne invisible :
Mon âme s'enivra de ces récits charmans
Où tu peignais si bien les récits des amans.
Je respirais leurs feux ; j'enviais leurs alarmes ;
De mes yeux attendris coulaient leurs douces larmes :
Que tu me rendais cher leurs plaisirs, leurs tourmens !
Je croyais à Vénus en regardant tes charmes :
L'amour m'environnait de ses enchantemens.
Tout semblait ressentir mes doux ravissemens.
Cette pure clarté que l'on doit à l'abeille,
Attentive à ta voix, partageait notre veille ;
Vulcain d'un feu plus doux pétillait à nos yeux :
Des vents grondans au loin la bruyante furie
N'osait troubler les sons de ta bouche attendrie.
Hélas! tu charmais tout... hors le temps envieux.
Sa main fit échapper cette heure fugitive
Qui, frappant douze fois dans l'or qui la captive,
M'ordonna sans pitié le nocturne repos.
Grands dieux! que le sommeil était loin de mon âme!
Ta voix dans tous mes sens avait porté la flamme.
Je me flattais pourtant que le dieu des pavots,
Humectant de leurs sucs ma paupière échauffée,
Assoupirait enfin jusqu'au dieu de Paphos :
Vain espoir! l'amour seul avait séduit Morphée.

Un songe tout de feu m'enleva dans ses bras
Jusqu'au lit où Morphée enchaînait tes appas.
Ta lumière veillait : elle offrait à ma vue,
En dépit des rideaux importuns et jaloux,
Ta vermeille beauté mollement étendue
Sous un lin qui voilait tes charmes les plus doux.
Je n'osais soulever l'importune barrière :
Mais d'un baiser timide effleurant ta paupière,
Je crus voir tes beaux yeux s'éveiller sans courroux.
Un soupir échappé de tes lèvres de rose
Suivit ce doux regard, et sembla me dire : Ose.
Soudain la volupté m'embrasa de ses feux.
D'un baiser plus ardent l'amoureuse licence
De ma craintive audace expia l'innocence ;
Je devins moins coupable en devenant heureux.

O de mes sens émus trop rapide mensonge !
Le réveil a détruit mon fragile bonheur ;
Zelmis ! objet charmant d'une si douce erreur,
Diras tu comme moi : Pourquoi n'est-ce qu'un songe ?

ÉLÉGIES.

LIVRE SECOND.

—

ÉLÉGIE I.

Divitias alius fulvo sibi congerat auro.
TIBULL.

Ah! qu'un autre se plaise à grossir son trésor!
Qu'il n'ait de dieu, d'ami, d'amante que son or,
L'insensé qui, jaloux d'une vaine richesse,
Inquiet, soupçonneux, veille et tremble sans cesse!
Un pénible bonheur flatte peu mes désirs :
Ma douce pauvreté me fait d'heureux loisirs ;
Content sous mes foyers de voir la flamme agile
Égayer vers le soir mes pénates d'argile,
Pomone ne sait point éluder mon espoir,
Ni ma vigne tromper l'attente du pressoir.
Le sauvage arbrisseau qu'entame un fer utile,
Ici, doit à mes soins sa blessure fertile ;
Là, dans mes prés qu'altère un soleil dévorant,
Le docile ruisseau me suit en murmurant;
Mon verger s'embellit sous les mains de son maître.
Qu'il m'est doux de cueillir un fruit que j'ai vu naître!
Je ne dédaigne point de tracer des sillons;

J'aime à voir mes troupeaux errer dans les vallons.
Je ramène au bercail la génisse indolente,
Et l'agneau qui s'égare à sa mère bêlante.

O dieux amis des champs, dieux paisibles et doux !
Pan, Vertumne, Palès, je vous honore tous.
Veille sur mes jardins, toi dont la faux puissante
Donne aux brigands de l'air une utile épouvante !
Que mes épis dorés, prémices des guérets,
Couronnent tes cheveux, bienfaisante Cérès !
Dieux ! jadis protecteurs d'un superbe héritage !
De ses débris, hélas ! recevez l'humble hommage !
J'offrais une génisse en des temps plus heureux ;
A présent un agneau suffit avec mes vœux :
Qu'il tombe à vos autels ! Qu'autour de lui rangée
La rustique jeunesse en deux chœurs partagée,
S'écrie : Accordez-nous les vins et les moissons !
Dieux ! ne rejetez point ces autels de gazons !
Cette argile est encor la même où nos ancêtres
Présentaient un lait pur à vos autels champêtres.
Loin, loin de mes brebis, ravisseurs ténébreux,
Loups cruels, insultez un bercail plus nombreux !

Je ne regrette point les trésors de mes pères,
Ni leurs palais ravis par des mains étrangères.
Que me faut-il ? ces champs, un lit et du repos ;
Un lit d'où l'amour seul écarte les pavots.

Ah ! dans l'horreur des nuits que l'aquilon tourmente,
Quel charme de presser le doux sein d'une amante !
Qu'une pluie orageuse et l'air tumultueux
Font bien goûter la paix d'un lit voluptueux !

Que tel soit mon bonheur, dieux ! et que la fortune
Soit toute à ces mortels qui fatiguent Neptune ;
Qu'ils cherchent des climats et des biens étrangers !
En est-il d'aussi doux que mes champs, mes vergers ?
Mon univers est là ; là je borne ma course ;
Là, rêvant sous un arbre, au doux bruit d'une source,
J'évite du midi les brûlantes chaleurs :
Mon absence à l'amour n'a point coûté de pleurs.

Ah ! que les diamans ! ah ! que tout l'or périsse,
S'il faut pour les ravir qu'une beauté gémisse !

C'est à toi, Messala, né pour les grands exploits,
De combattre, de vaincre et d'enchaîner les rois ;
C'est à moi de subir une amoureuse chaîne.
Et d'assiéger long-temps une porte inhumaine.
Délie, ah ! qu'on insulte à mon oisiveté !
Que m'importe la gloire où n'est point ta beauté !
Sois de mes humbles champs la nymphe tutélaire ;
De mes jeunes brebis daigne être la bergère ;
Viens sous un antre frais reposer dans mes bras ;
Et puissé-je y dormir, vainqueur de tes appas !

Que sert un lit de pourpre où veillent les alarmes ?
Il le cède à la mousse où reposent tes charmes.
L'or, le duvet, les eaux, les chants harmonieux,
Rien ne peut assoupir un œil ambitieux.
Eh ! quelle âme d'airain, quel aveugle courage,
Pouvant te posséder, s'arme et vole au carnage !
Qu'il enchaîne l'Asie à ses fiers étendards ;
Qu'il aille de la terre éblouir les regards ;
Qu'avec toi, que pour toi je vive, ô mon amante !

Et te presse en mourant de ma main défaillante
Sur le bûcher funèbre, hélas! mis à tes yeux,
Tu pleureras Tibulle, en accusant les dieux.
Tu pleureras : cent fois tes lettres adorables
Mouilleront de baisers ces restes déplorables !
Nul amant, nulle amante, en voyant tes douleurs,
En voyant mon bûcher, ne retiendra ses pleurs :
Ils s'en retourneront l'œil humide de larmes.

Mais que ton désespoir n'offense point tes charmes !
Mon ombre en gémirait : que dis-je? ah! mes beaux jours
Bravent encor la Parque, et sont tout aux amours,
Mais l'âge à pas muets se glisse, ô ma Délie !
La jeunesse s'envole : une aimable folie
Sied mal aux fronts glacés qu'outragent les hivers.
C'est au printemps qu'Amour cueille ses myrtes verts.

Chère amante, suis-moi dans sa douce mêlée :
C'est là que ma valeur cent fois fut signalée.
Bon soldat, chef heureux, là je suis un héros,
Et le nom de Tibulle est connu dans Paphos.

Trompette, éveille au loin les amans de la gloire !
Que Mars dispense ailleurs les prix de la victoire !
Riche de mon amante, heureux, libre de soin,
Ma fortune se rit de l'or et du besoin.

ÉLÉGIE II.

Adde merum vinoque novos compesce dolores.
Tibul.

Verse, verse, ô Bacchus ! ta liqueur favorable ;
Assoupis les chagrins d'un amant misérable ;
Défends aux importuns de troubler mon repos,
Si l'amour qui gémit goûte encor les pavots !

Ma Délie est soumise aux ordres d'un barbare :
Une porte d'airain l'enferme et nous sépare.
O porte inexorable à mes vœux les plus doux,
Que l'orage et les vents, que la foudre en courroux
Te brise !... ah ! plutôt cède à mon impatience ;
Ouvre-toi sans trahir un timide silence.
Si quelque injure échappe au dépit d'un amant,
Pardonne ! il expira ce fol égarement.
Hélas ! rappelle-toi de plus douces offrandes ;
Combien pour t'embellir j'ai tressé de guirlandes !

Toi, Délie, ose fuir un Argus odieux ;
Ose ; Vénus sourit aux cœurs audacieux.
Soit qu'un jeune amant tente une porte connue,
Soit que l'ouvre en tremblant sa nymphe à demi nue,
Vénus sait leur apprendre à s'écouler d'un lit,
A suspendre leurs pas que l'ombre ensevelit,
A tromper un jaloux, et même en sa présence,
Par des gestes parlans animer leur silence.

15

Doux secrets, vous fuyez ces mortels indolens,
Dans l'horreur de la nuit paresseux et tremblans.

Jeunes amans, dans l'ombre errez sans défiance ;
Tout amant est sacré : Vénus est sa défense.
Sous l'aile des Amours qu'il brave les fureurs,
Et les avares mains des sombres ravisseurs.
Jamais les nuits d'hiver, la froidure et l'orage,
N'ont insulté ma tête, ou glacé mon courage.
Faibles maux, quand Délie ouvre enfin à mes vœux
Et m'appelle au doux bruit d'un signal amoureux.

Profanes, gardez-vous d'éclairer ces mystères,
D'envier nos plaisirs aux ombres solitaires ;
Fussiez-vous dans le Styx, malheureux indiscrets !
Le seul bruit de vos pas divulgue nos secrets.
Mais si quelque imprudent a vu... le téméraire !
Au nom de tous les dieux qu'il jure de se taire !
Il saura que Vénus, s'il révèle nos feux,
Est du sang et des flots un mélange orageux.
Que dis-je ? ah ! pour jamais ton jaloux est paisible,
Et j'en crois de Médée une élève infaillible.

Je l'ai vue, agitant ses magiques flambeaux,
Ravir Diane aux cieux et les morts aux tombeaux.
Son cri perce l'Érèbe et fait trembler la terre ;
Dans sa chute enflammée il suspend le tonnerre ;
Mais c'est peu d'enchaîner la foudre, les torrens,
L'enfer, la triple Hécate et ses chiens dévorans :
En faveur de l'amour et des jeunes épouses,
Son art trompe l'hymen et ses fureurs jalouses.
Ton époux, loin d'en croire un rapport envieux,

Me verrait dans ton lit sans en croire ses yeux.
Mais n'étends point le charme : il n'est que pour Tibulle,
Et je rends pour moi seul ton époux incrédule.
Elle m'a dit bien plus ; ses filtres dangereux
Pourraient même tarir la source de nos feux.
Tandis que, m'épurant d'une flamme lustrale,
Sa main sacrifiait à la troupe infernale,
Je demandais aux dieux, non de ne plus aimer,
Mais qu'un égal amour du moins sût t'enflammer.
Je sais trop que Vénus par nos feux embellie,
Qu'Amour même, jamais ne plaira sans Délie.

ÉLÉGIE III.

(1762.)

Quis fuit, horrendos primus qui protulit enses.
TIBULL.

Périsse l'inventeur du glaive meurtrier !
Ce barbare sans doute avait un cœur d'acier :
Il forgea l'instrument des combats homicides ;
Il ouvrit à la mort des routes plus rapides....
Que dis-je ? il nous armait d'un glaive protecteur,
Des tigres, des lions innocent destructeur.
L'or seul fut criminel ! l'or enfante la guerre.
Quand l'homme eut un mets simple en un vase de terre,
L'homme connut la paix ! le guide du troupeau
Dormait paisiblement près du paisible agneau.
Que ne vivais-je alors ! les cris de la trompette

Ne m'eussent point troublé dans ma douce retraite ;
Mais Bellone m'entraîne. Un guerrier assassin
Peut-être aiguise un trait qui m'ouvrira le sein.

Dieux Lares ! dieux témoins des jeux de mon enfance,
Vous qui m'avez nourri, veillez à ma défense !
Simples divinités de mes simples aïeux,
Un tronc, un art grossier vous figure à nos yeux.
Ah ! n'en rougissez point ! vos rustiques images
D'une foi plus sincère ont reçu les hommages.
Des pampres, des épis suspendus en festons,
Sûrs de les obtenir, sollicitaient vos dons.
Le père offrait le jus de la grappe vermeille ;
La fille présentait le nectar de l'abeille.

Moi je vous offrirai, loin des combats sanglans,
Cet animal qui gronde et s'engraisse de glands !
Habillé d'un lin pur, le myrte sur la tête,
Je suivrai la victime à cette heureuse fête ;
Puissé-je ainsi vous plaire ! et qu'aux sanglans hasards
Un autre aille briguer les faveurs du dieu Mars,
Afin que le soldat, oisif dans nos murailles,
D'un doigt ivre, en buvant, trace un jour ses batailles.

Quelle aveugle fureur nous entraîne aux combats !
Insensés ! nous courons au-devant du trépas.
Quel charme a le Cocyte et ses brûlantes rives ?
Les Ris ne volent plus sur ses ondes plaintives.
Ce n'est plus l'Hippocrène et ses flots argentés ;
Ce n'est plus Amathonte et ses bois enchantés.
Il n'est plus de Zélis sur les rivages sombres :
Un terrible Cerbère y fait trembler les ombres.

La Mort n'y voit errer, autour de ses flambeaux,
Que des mânes sanglans, voilés d'affreux lambeaux.

Que sert à ton amant, belle Déidamie,
Qu'Ilion expirât sous sa lance ennemie?
Que de fois chez les morts ton illustre héros
A regretté la paix des rives de Scyros!
Et ce jour où sa main, aux fuseaux échappée,
Saisit avidement et la lance et l'épée!

La gloire trop souvent fut le prix des forfaits;
Mais toutes les Vertus sont filles de la Paix.
O Paix! que nos hameaux, ombragés de tes ailes,
Soient de mes derniers ans les asiles fidèles!
Là, puisse un jour ma race aider mes pas tremblans,
Et me voir à ses jeux sourire en cheveux blancs!
Couronné de mes fils, dans ces retraites pures,
Puissé-je leur conter mes jeunes aventures!
Que ces bords, où le ciel éclaira mon berceau,
Daignent avec amour accueillir mon tombeau!

Mais tandis que Vénus brûle encor dans mes veines,
Que je puis savourer ses plaisirs et ses peines,
Et qu'aux champs de Paphos ardent à moissonner,
D'un triple myrte encor je puis me couronner,
O Paix! divine Paix! que tes mains fortunées
Pour la gloire et l'amour filent mes destinées!

Vierge aimable! quels biens sont dus à tes faveurs!
Tu couronnes Cybèle et de fruits et de fleurs;
Tu parfumes la grappe au penchant des collines;
Tu dores nos moissons dans les plaines voisines;
Aux loups, aux noirs brigands tu dérobes l'agneau;

Tu permets au pasteur d'enfler son chalumeau;
Tu diriges la danse au pied de l'orme antique
Où bondit à pas lourds l'allégresse rustique :
Toi seule oses de Mars briser les étendards,
Et tu forges le soc du débris de ses dards.

Quand Bellone, en grondant, te voit calmer la terre,
Un souris de Vénus y rallume la guerre.
Amour ! je vois briller ton carquois et tes feux !
J'entends déjà le choc des combats amoureux.
Frappez, jeunes amans ! tombez, portes rebelles !
Faisons sur leurs débris capituler nos belles.
Mais le bronze est moins dur que l'amant irrité,
Qui blesse les dieux même, en frappant la beauté.
La beauté vous trahit : insultez sa parure ;
Brisez les nœuds flottans d'une tresse parjure ;
Arrachez d'un rival les présens odieux,
La fleur qu'il a placée, et qui choque vos yeux :
Rompez le voile épars sur un sein infidèle,
Si d'un baiser furtif l'empreinte s'y décèle ;
Mais arrêtez vos coups à ces vains ornemens.
Elle gémit ; des pleurs mouillent ses yeux charmans :
Ah ! la beauté qui pleure est toujours innocente !
Quel amant, sans gémir, voit pleurer une amante !
En essuyant ses pleurs, pleurez à ses genoux :
Les orages d'amour rendent ses feux plus doux.

Toi, que n'amollit point l'aspect de tant de charmes,
Mortel au cœur d'airain, prends le casque et les armes :
D'un tube foudroyant charge ton bras guerrier,
Ceins tes flancs endurcis d'un large baudrier,
Pour vieillir, en héros couvert de cicatrices,
Sous un chaume indigent, seul prix de tes services.

Là, du camp de Vénus exilé pour jamais,
L'Hymen, le sombre Hymen te rira désormais.
Là, vainqueur mutilé, traînant sa lourde chaîne,
Épouse, en tes vieux jours, la Discorde et la Haine.
Mais que ton front chargé de rides et d'hivers,
Des vainqueurs d'Ilion redoute les revers.
Un Égysthe, souillant ces rides belliqueuses,
Immolera ta gloire à ses flammes honteuses:
Et la paix que tu crains, et l'amour que tu fuis,
Te verront expirer dans ces mornes ennuis.

Ah! loin de tes amans ces destins déplorables,
Douce Paix! rends ma gloire et mes plaisirs durables.
C'est pour moi, pour Zélis que brillent tes beaux jours,
Et Vénus dans ton char promène les Amours.

ÉLÉGIE IV.

Rura meam..... tenent, villæque puellam.
                              TIBULL.

Quel insensible cœur peut habiter la ville!
Mon amante a volé vers un champêtre asile.
Déjà Vénus la suit de guérets en guérets
Au spectacle riant des fêtes de Cérès.
Et déjà pour lui plaire, accourant au village,
Le jeune Amour essaie un rustique langage.

Oh! que, pressant du pied la bêche au large fer,
Ne puis-je ouvrir pour elle un champ qu'a durci l'air!

Oh ! qu'il me serait doux, animé par sa vue,
De peser sur le soc en poussant la charrue ;
Et nouveau laboureur, par les grâces formé,
Affronter ou la bise, ou le sud enflammé !

Il n'est rien qu'à ses lois la beauté ne soumette.
Apollon amoureux fut pasteur chez Admète.
Son luth, ses végétaux n'ont pu le secourir :
Contre les feux d'Amour que peut l'art de guérir ?
Son immortelle main tressa le jonc sauvage
En paniers arrondis où filtrait son laitage.
O que de fois Diane a rougi de le voir
Porter l'agneau tardif égaré vers le soir !
Que de fois ses brebis, bêlant sur la colline,
Ont troublé les accords de sa lyre divine !
Souvent des plus grands rois l'encens, les vœux offerts,
L'ont en vain appelé dans ses temples déserts ;
Souvent ses cheveux d'or, tout souillés de poussière,
Ont fait gémir l'orgueil de sa superbe mère.

Soleil ! que faisais-tu de ton sceptre de feu ?
Sous ce toit de roseaux reconnaîtrai-je un dieu ?
Oui, dans les bras d'Issé tu l'étais plus sans doute,
Qu'au sommet éclatant de la céleste voûte.
Banni des cieux en vain par leur maître irrité,
Tu retrouvas l'Olympe au sein de la beauté.
Les dieux goûtaient alors un bonheur ineffable :
Ils aimaient ! la raison dit que c'est une fable :
Importune raison ! j'en crois peu tes discours ;
Un amant peut-il croire à des dieux sans amours ?

Et toi, qui me ravis une douce présence,
Puisse la terre ingrate étouffer ta semence,

O cruelle Cérès ! Et toi, dieu des buveurs,
Puisse leur soif en vain implorer tes faveurs !
Périsse la vendange et les moissons nouvelles,
S'il faut les acheter par l'exil de nos belles !
Et ces fruits de nos champs sont-ils si précieux ?
Valent-ils le bonheur que goûtaient nos aïeux ?
Eux-même à leur repos ne faisaient point la guerre.
Sans fatiguer leurs bras à fatiguer la terre,
Sobres et fortunés, sans vigne, sans moisson,
Le gland sut les nourrir, l'onde fut leur boisson.

Mais nul soin douloureux ne vint troubler leur âme ;
Ils respiraient l'amour : ils vivaient de sa flamme.
Ardens à recueillir les moissons du baiser,
Ivres de son nectar sans jamais l'épuiser,
Sans cesse ils jouissaient à l'ombre des vallées,
Aux bords rians des eaux, sous les vertes feuillées :
Vénus était partout : partout des lits de fleurs ;
Et l'absence jamais n'y fit couler de pleurs.
Point d'Argus, de verroux, de portes indociles.
Les cœurs étaient ouverts ainsi que les asiles.

Revenez, douces mœurs ! temps heureux, revenez !
Mais que dis-je ? il n'est plus de ces jours fortunés ;
Et notre art criminel a changé la nature.
Eh bien ! je me dévoue aux champs, à leur culture,
Au joug même : quels maux effraîraient un amant ?
Où la beauté commande, il n'est plus de tourment

ÉLÉGIE V.

Absent de Lycoris, ô douleurs ! ô regrets !
Le myrte va céder ma tête au noir cyprès.
Ainsi de mes beaux jours les aurores pâlissent !
Ainsi de mon printemps les roses s'obscurcissent !
Et la Parque m'enlève au séjour ténébreux,
Plus jeune que Tibulle, et non moins amoureux.

Tandis que loin de toi ma vie est moissonnée,
Que fais-tu, Lycoris ? Amante infortunée !
Sans doute ton amour brûle de me revoir :
Ton cœur s'enivre, hélas ! de ce crédule espoir.
Une lettre à la main, relisant nos mystères,
Et peut-être implorant ces tendres caractères,
Le feu de tes baisers, l'ardeur de tes soupirs
Leur demande un retour promis à tes désirs.
Vaine promesse, hélas ! Sort jaloux et barbare !
L'absence..... est éternelle : un tombeau nous sépare.

Tu semblais le prévoir dans ce funeste jour
Où je partis baigné des larmes de l'amour :
Une pâleur mortelle obscurcit ton visage ;
Tes sens étaient glacés d'un sinistre présage ;
Nos lèvres frémissaient de lugubres adieux :
Et je croyais laisser mon âme dans tes yeux.

Toi-même dans mes bras mourante, évanouie,
Au fatal avenir tu disputais ma vie.
Il est de ces momens où d'un œil plus certain

L'âme va chez les dieux surprendre son destin.
Je voulais.... je devais en croire tes alarmes,
Quel oracle plus sûr que celui de tes larmes !
Quels devoirs plus sacrés que ceux de nos amours !
La Parque dans tes bras eût respecté mes jours.

Mais loin de toi je meurs, et des mains étrangères
Des yeux de ton amant vont fermer les paupières !
Vers ton asile encor. dans ces momens d'effroi,
Je tends ces faibles mains qui ne sont plus à toi.
Ma seule ombre aujourd'hui, vain songe de moi-même,
S'envole autour de toi murmurer que je t'aime.

Il fut des temps heureux où jusque dans tes bras
Le mystère et l'amour conduisirent mes pas,
Quand de ton jeune amant la soudaine présence
Vint surprendre tes yeux dans les pleurs de l'absence.
Quel charme te prêtaient ces naïves douleurs !
Quels rapides baisers essuyèrent tes pleurs !
La nuit nous prodiguait ses faveurs les plus sombres :
Nos timides soupirs se fiaient à ses ombres.
Cent fois tu vis mes pas, suspendus et muets,
Échapper vers ton lit aux Argus inquiets.
O baisers de nectar ! ô nuits toutes de flammes !
O plaisirs ! ô transports où s'égaraient nos âmes !
Trop rapide bonheur envolé pour jamais,
Déjà vous n'êtes plus qu'un songe et des regrets.

Et vous, de ces beaux jours confidentes trop chères !
Vous que j'arrose, hélas ! de mes larmes dernières !
Lettres de mon amante !.... ô mon plus doux trésor !
D'une mourante main je vous rassemble encor,

Hélas! mon œil voilé d'un lugubre nuage,
Dans l'ombre de la nuit voit flotter votre image.
Je baise, en frémissant, vos traits mystérieux:
Ma Lycoris entière y respire à mes yeux.
Voilà de tant d'amour les restes déplorables,
D'un fragile bonheur monumens plus durables!

O le plus doux espoir de mes plus tendres vœux,
Tant que Vénus daigna favoriser mes feux,
A son brûlant époux c'est donc moi qui vous livre!
Vos secrets à mes jours ne doivent point survivre.
L'instant fatal s'avance..... ô flammes! dévorez
Ces restes précieux, ces témoins adorés:
Que leurs frêles débris, étincelles légères,
Dans le sein des zéphyrs dispersent nos mystères:
Mon cœur suivra bientôt leur destin rigoureux,
Et mes derniers soupirs s'exhalent avec eux.

ÉLÉGIE VI.

A CÉPHISE,

SUR UN DÉPART SUIVI D'UNE INFIDÉLITÉ.

Idem non frustrà ventosas addidit alas,
Fecit et humano corde volare Deum.

PROPERCE, Élégie XII, liv. 2.

Le premier qui donna des ailes à l'Amour
Peignit bien de ce dieu la fatale inconstance.
Hélas! quand il s'enfuit, il s'enfuit sans retour;
Céphise, grâce à toi, j'en ai l'expérience.

Cruelle! tu partis; mais quels tendres adieux
Contre un noir avenir rassurèrent ma flamme?
Je vis même des pleurs s'échapper de tes yeux:
Tes soupirs, tes baisers m'enivraient de ton âme;
Eh! comme ils accusaient et le sort et les dieux!

D'un aveugle destin le cours impérieux
M'entraîne, disais-tu; mais l'absence fatale
Jamais entre nos cœurs ne mettra d'intervalle:
Ils s'uniront toujours: quant à l'astre des nuits
Nos âmes confîront leur plainte et leurs ennuis,
Dans les mêmes instans, loin de tout œil profane,
Nos regards se joindront dans le sein de Diane.
Que dis-je? impatiens des pavots du sommeil,
Dès que l'ombre fuira de l'Orient vermeil,
Nos yeux s'appelleront; et le sein de l'aurore,
Centre de nos regards, va les rejoindre encore.
L'Olympe est aux amans: oui, le flambeau du jour
S'allumera pour nous au flambeau de l'amour.
La nature à mes yeux ne sera pas muette.
Pourrais-je, en l'écoutant, oublier son poète?
Le dieu que tant de fois ont célébré tes vers,
Rendra tes souvenirs et plus doux et plus chers.
Quand tu liras Sapho, dis: Céphise est plus tendre.
Moi, je lirai Tibulle et je croirai t'entendre.
Tout servira mes feux: sans cesse les zéphyrs
Porteront jusqu'à toi mes fidèles soupirs;
Et l'art consolateur par qui l'âme est tracée
Sans cesse te peindra mes feux et ma pensée.

Tu le disais, Céphise! et pour combler mes vœux,
D'une amoureuse main coupant tes blonds cheveux,
Tu m'offris de l'amour ce frêle et tendre gage,

Trop fidèle témoin d'une flamme volage.
Ta main jura d'écrire : ô perfides sermens !
Nul écrit n'est venu consoler mes tourmens ;
Nul zéphyr jusqu'à moi n'a soupiré ta peine :
Et les seuls aquilons, de leur bruyante haleine,
Murmurant ton oubli, présageant ta rigueur,
Attristent de mes nuits l'importune longueur.
Dans les eaux du Léthé ma Céphise a pu boire !
Céphise ! ton amant n'est plus dans ta mémoire.
Comment, hélas ! comment serait-il dans ton cœur ?
Soupirs, larmes, baisers, ah ! devais-je vous croire ?
Et vous, liens chéris, qui flattiez ma langueur,
Vous, jadis l'ornement d'une tête infidèle,
Quand l'ingrate me fuit, pourquoi me parler d'elle ?

Cependant.... un rival !.... ô trop juste courroux !
O Céphise ! ô transports d'un cœur tendre et jaloux !
Un rival dans tes bras jouit de sa victoire !
De mes feux abusés tu lui contes l'histoire.
Tu ris de tes sermens et de mes vains regrets,
Et ton myrte odieux insulte à mes cyprès.
Tant d'amour avait-il mérité cette injure !
Quoi ! des lèvres de rose attestaient le parjure !
Quoi ! ce front coloré de grâce et de pudeur ;
Quoi ! ce doux sein de lis, oubliant sa candeur,
Grands dieux ! seraient souillés par une âme si noire !
Trop fatale beauté ! sexe aimable et trompeur,
Enflammer est ton art, et trahir est ta gloire !

ÉLÉGIE VII.

(FRAGMENT.)

J'étais heureux: les arts occupaient mes loisirs;
D'une légère main je cueillais les plaisirs;
Je chantais sur mon luth et Corinne et Julie;
Je fuyais l'amour tendre et sa mélancolie;
Je redoutais mon cœur, trop prompt à s'enflammer;
Je craignais jusqu'au nom du dieu qui fait aimer.
Humide et pâle encor de mon dernier naufrage,
Je fuyais d'Amathonte et les mers et l'orage.

Pareil à cet oiseau qui du piége échappé,
Se croit des lacs trompeurs encore enveloppé,
Il essaie en tremblant l'usage de ses ailes,
Et se confie à peine aux bois les plus fidèles;
Ainsi je défendais ma douce liberté;
Mais qui peut échapper à la fatalité!

Je vois chez Thélaïre une beauté funeste:
Que ses yeux savaient bien feindre un regard modeste!
Le deuil semblait encor relever sa blancheur:
L'Aurore a moins d'éclat, Téthys moins de fraîcheur;
Mais les dieux de Paphos, en volant sur ses traces,
Admiraient ses beautés, et lui cherchaient des grâces.
Jamais elle n'offrit à la main des Amours
De la taille d'Hébé les flexibles contours.
Délicate Vénus! ton étroite ceinture
N'eût jamais à ses flancs pu servir de parure.
. . . .

ÉLÉGIE VIII.

Le cœur plein de soupirs, les yeux noyés de pleurs,
D'un amour sans espoir exhalant les douleurs,
J'errais aux bords d'une île inculte et solitaire.
De quelques vieux cyprès l'ombrage funéraire,
Épaississant sur moi le silence et le deuil,
Semblait m'envelopper des ombres du cercueil.

Là, d'un ruisseau plaintif se traînait l'onde obscure ;
Mes sanglots se mêlaient à son triste murmure :
Mes pas, du noir Méandre imitaient les détours,
Et mes larmes troublaient son lamentable cours.
Une sauvage Écho, du fond de ces bois sombres,
Prolongeait mes accens, égarés sous leurs ombres.
Les antres, les forêts, les rochers attendris,
Plus sensibles qu'Églé, répondaient à mes cris.

O de mes longs ennuis source cruelle et chère !
O du perfide Amour impitoyable mère !
O Vénus ! m'écriais-je, ai-je dû t'obéir ?
Tu m'inspiras tes feux, et c'est pour les trahir !
Tu veux que j'aime Églé, que j'aime une inhumaine,
De mes tristes soupirs insatiable et vaine ;
Églé que tu formas de charmes, de rigueurs,
Pour le plaisir des yeux et le tourment des cœurs !
Tu sembles attendrir ses regards infidèles,
Et tu mets le refus sur ses lèvres cruelles !
De la crainte à l'espoir sans cesse ramené,

De ses caprices vains jouet infortuné,
Cent fois près d'expirer aux genoux de l'ingrate,
Son orgueil en jouit : mon désespoir la flatte.
Eh quoi ! tant de rigueurs avec des yeux si doux !
Hélas ! mon cœur volait au-devant de leurs coups :
Et la mort est le prix que j'en devais attendre !
Et c'est là cet amour que tu peignais si tendre !
L'abeille est moins avide à savourer les fleurs,
Que l'Amour n'est ardent à s'abreuver de pleurs :
Dans les pleurs, dans le sang l'Amour trempe ses armes.
Et toi, déesse, et toi qui te ris de mes larmes,
Barbare ! tu sortis de l'écume des mers
Pour agiter les cœurs, pour troubler l'univers,
Pour verser dans mon âme un éternel orage :
Dans tes flots insensés, hélas ! j'ai fait naufrage.
Ah ! toi-même dois-tu ravager tes moissons !
Je te vouais ma lyre et ses plus tendres sons.
Quel autre, si je meurs, soupirant l'élégie,
Saura peindre ta gloire aux champs de la Phrygie,
Mettre à tes pieds l'orgueil de Junon, de Pallas,
Et de la pomme encore honorer tes appas ?
Hélène, de Pâris fut le prix légitime.
Moi ! je perds une amante, et je meurs ta victime !
Ah ! cruelle !.... A ces mots de ma bouche élancés,
Faible, pâle, je tombe, et mes sens sont glacés.
J'expirais !.... quand soudain, descendant de la nue,
La reine d'Amathonte apparaît à ma vue ;
Et dissipant l'horreur des lugubres cyprès,
D'une voix douce et fière accuse mes regrets.

« Ingrat ! que tu sens mal tout le prix de tes chaînes !
» Le bonheur des amans se mesure à leurs peines.

» Qui jamais n'a connu l'excès de mes rigueurs,
» Jamais ne connaîtra l'excès de mes faveurs.
» Rends un nouvel hommage à la main qui te blesse ;
» Apprends que la constance unie à la tendresse,
» Enfin sait amollir les plus fières beautés.
» Renais pour le bonheur, et chante mes bontés. »

Elle dit ; et d'un myrte humecté d'ambroisie,
La déesse toucha ma tête appesantie :
Le doux espoir encor vint sourire à mes yeux,
Et le char de Vénus s'éleva dans les cieux.

ÉLÉGIE IX.

A UN SONGE.

Doux complice d'amour et des tendres plaisirs,
Songe heureux qui m'offrais la ravissante image
D'Églé plus indulgente au feu de mes désirs,
Pourquoi la dérober à mon brûlant hommage ?
J'attendrissais Églé, je touchais au bonheur ;
Et tu fuis !.... Ah! cruel ! ah! ramène à mon cœur
Ses plaisirs égarés sur ton aile volage.
Mon amour ne doit pas ses feux à ton erreur,
Mais sa félicité devenait ton ouvrage.

Ah ! si pour un mortel c'est un bien trop flatteur,
Écoute ; sers du moins un amant qui t'implore.
En fuyant de mes yeux, va sur ceux que j'adore
Verser la douce erreur de ton enchantement ;
Caresse de ton aile un objet si charmant ;

Assoupis sa pudeur farouche, inexorable ;
Éveille dans son âme un trouble favorable ;
Mets aux genoux d'Églé le plus fidèle amant.
D'une timide voix soupire ma tendresse ;
Arrose de mes pleurs les pieds de ma déesse ;
Peins dans mes yeux émus l'excès du sentiment,
 Les touchantes langueurs, et les craintes mortelles ;
Que je paraisse heureux d'expirer en l'aimant !
 La beauté n'eut jamais des rigueurs éternelles.
Églé, la fière Églé, peut-être en ce moment,
D'un regard enchanteur consolera ma flamme ;
Et la douce amitié se glissant dans son âme,
Par de tendres baisers calmera mon tourment.
Je devrai ses faveurs à ton heureux mensonge ;
Ses transports dureront autant que son sommeil ;
Et peut-être, ô bonheur ! peut-être le réveil
Sera fidèle encore aux promesses du songe.

FIN DES ÉLÉGIES.

ÉPITRES.

ÉPITRES.

ÉPITRE I.

A UN AMI (1),

SUR LA BONNE ET LA MAUVAISE PLAISANTERIE.

Ami, dont le goût pur, l'esprit solide et fin,
Rougirait de confondre Horace et Tabarin,
Et, toujours plus épris des bons mots de Catulle,
Distingue un bon plaisant d'un railleur ridicule.
Tandis qu'un sot titré, qu'enivre son faux goût,
Ne se connaît à rien, et veut juger de tout,
Ne ris-tu pas de voir, par sa folle grimace,
Un singe de Momus charmer la populace ?
La Fontaine a dit vrai : le Ciel fit pour les sots
Tous les méchans diseurs d'insipides bons mots.

O le fâcheux plaisant qui, dans son froid délire,
L'ennui peint sur le front, prend le masque du rire.

---

(1) Cette Épitre, dont le sujet est neuf, fut faite, il
y a long-temps, à l'occasion d'un misérable bouffon de
société qui, à la honte du bon sens, était accueilli alors
par les gens du bon ton. Elle a été tronquée dans différens recueils. On la donne ici conforme aux dernières
corrections de l'auteur.

Et, pesamment folâtre en sa légèreté,
Tourmente son prochain de sa triste gaîté !

Quelle gloire, en effet, pour tout être qui pense,
De vieillir dans ces jeux d'enfantine démence,
D'avilir son esprit, noble présent des dieux,
Au rôle indigne et plat d'un farceur ennuyeux,
Qui, payant son écot en équivoques fades,
Envie à Taconnet l'honneur de ses parades ;
Et même en cheveux gris, parasite bouffon,
Transporte ses tréteaux chez les gens du bon ton !

Non que je veuille ici, censeur atrabilaire,
Effaroucher les ris et bannir l'art de plaire :
Ou, de l'aménité vantant les seuls attraits,
Du carquois de Momus émousser tous les traits.
Je connais tout le prix d'un riant badinage ;
Mais je hais d'un farceur l'absurde personnage,
Ses grossiers calembourgs, ses burlesques accens :
Un bouffon sait tout feindre, excepté le bon sens.
D'un baron d'Onderwal l'un prend l'air hypocondre ;
Exprès pour m'ennuyer l'autre arrive de Londre :
Mais quelque nom qu'il prenne, ou baron, ou milord,
Un sot est toujours sot, et l'on reconnaît *Goord* (1).

Je plains le malheureux qui s'est mis dans la tête
De plaire aux gens d'esprit à force d'être bête.
Qu'un monsieur Turcaret savoure en se pâmant

---

(1) Impertinent bouffon de société, connu sous le
nom de milord Gooab.

De ses mots à gros sel le stupide enjoûment :
Ce jargon sert toujours de voile à la sottise.

Le véritable esprit jamais ne se déguise :
Pareil à la beauté, la nature est son art.
Les Grâces et d'Egmont n'ont pas besoin de fard.
Hébé fuit l'art de plaire ; elle en plaît davantage.
Pour l'aimable candeur tout voile est un outrage :
La feinte avilit l'âme : et dans les moindres jeux
Le vrai de nos plaisirs est le principe heureux.

Voyez près de Bacchus la feinte disparaître ;
Des flots de son nectar la vérité va naître :
L'aimable vérité rit dans les coupes d'or ;
Tout le cœur se dévoile et prend un doux essor.

Une gaîté piquante est l'âme de la table :
L'usage en est charmant ; l'abus seul est blâmable.
Tels La Fare et Chaulieu, ces convives divins,
Exhalaient en bons mots la vapeur des bons vins ;
La raison s'éclairait du feu de leurs saillies ;
Minerve applaudit même à leurs sages folies ;
Et les Grâces, toujours compagnes de leurs jeux,
Leur versaient l'ambroisie, et soupaient avec eux.
De là ces vers légers, enfans de la Tocane (1),
Non ces lourds quolibets d'un Trivelin profane
Qui verse avec le vin ses rébus à foison,
Fait rougir la Pudeur et bâiller la Raison.

Il est un art charmant d'amuser et de rire ;
Il faut de sel attique égayer la satire.

____

(1) Vin de primeur célébré par Chaulieu.

L'adresse est de choisir le trait qu'on doit lancer :
Qu'il effleure en volant, et pique sans blesser.

Fille de l'à-propos, la saillie est plus vive :
Un bon mot répété perd sa grâce naïve.
Ingénu, mais discret, vif sans être mordant,
Qu'il soit d'un homme aimable, et non pas d'un pédant :
Son rire vous attriste ; il décoche avec flegme,
Au défaut de saillie, un antique apophthegme,
Et, de cent bons mots grecs doctement hérissé,
Sous un pesant adage il vous croit terrassé.

Cent fois plus ridicule est ce pédant ignare
Qui, sans grec ni latin, dans son français barbare,
N'oppose aux meilleurs traits qu'un insolent ennui,
Et pense voir partout le sot qu'on trouve en lui.
Jamais de l'ironie il n'a su les mystères.
Momus prête ses traits à des mains plus légères.
Ainsi contre Dacier, les Grâces et les Ris,
Charmante Sévigné, combattaient pour ton fils (1).

Le Français, né malin, pardonne à qui l'amuse :
Beaumarchais a fait rire ; et le public l'excuse.
Dorcas rend le mensonge aimable et séduisant ;
Chloé médit pour nuire, et plait en médisant.
N'allez point toutefois, par d'aimables surfaces,
Donner à la noirceur le coloris des Grâces :
Nos vices du bon ton, quoique doux et charmans,

---

(1) On connaît le petit duel littéraire du marquis de
Sévigné et de Dacier Ce fut le combat de la grâce et
du pédantisme.

Ont bientôt fatigué leurs coupables amans.
La bonne compagnie est parfois détestable ;
Et le vaisseau que presse un corsaire implacable,
Et le bois le plus noir, tout peuplé d'assassins,
Sont plus sûrs, mes amis, que vos cercles divins.

D'une gaîté sans frein réprimez la licence,
Et respectez les dieux, la pudeur et l'absence.
Qu'un ami par vos traits ne soit point immolé.
En vain le repentir, honteux et désolé,
Court après le bon mot aux ailes trop légères :
Il perd ses pas tardifs et ses larmes amères.
Fuyez donc le sarcasme et ses ris indiscrets :
L'amour-propre offensé ne pardonne jamais.
Ménagez-lui toujours une heureuse retraite :
Que l'objet du bon mot lui-même le répète.
On sourit quand du feu d'un mot qui semble éteint
La maligne étincelle éclate et vous atteint ;
Mais on est indigné du Cyclope difforme
Qui sur l'aimable Acis jette sa roche énorme :
Galathée en pleurant s'enfuit sous les roseaux.

Jadis Vulcain forma d'invisibles réseaux :
Tels sont les rets subtils d'un railleur socratique.
On aime un bon plaisant ; on abhorre un caustique
On fuit ce persifflage au sourire affecté,
Ce ton leste et moqueur de la fatuité.
J'aimerais mieux encor la gaîté brusque et folle
Que le froid enjoûment de ce jargon frivole.

Marot sut parmi nous, rieur vif et malin,
Décocher l'épigramme avec un art badin.
Par cet art autrefois l'ingénieux Catulle

Sur César, en jouant, lança le ridicule.
De ce railleur exquis retenons bien ce mot :
Gardez-vous d'un sot rire ; il n'est rien de plus sot.

Le sexe fait valoir les traits du badinage,
Et sa vive saillie emporte un doux suffrage.
Qui dit belle, dit tout : quelle belle, en effet,
Ne semble pas avoir tout l'esprit qu'on lui fait ?

La nymphe qui déjà touche au neuvième lustre,
Au défaut d'être belle alors veut être illustre :
On prodigue l'esprit ; les bons mots font un nom ;
Et l'on se croit au moins Aspasie ou Ninon.

N'ai-je pas vu Daphné, cette antique merveille,
Lancer des inpromptus qu'on lui prêtait la veille ?
Tel de Pasquin dans Rome on voit le marbre usé
Mettre en vogue un bon mot dans son sein déposé.

Souvent la jeune Églé, pétulante convive,
Mêle au geste indiscret la facile invective,
Et croit impunément, dans ses jeux étourdis,
Vous percer de bons mots qu'elle pense avoir dits.
L'Amour avec dédain s'envole et fuit ses traces :
L'invective jamais ne fut le ton des Grâces.
La politesse aimable et sage en sa gaîté
Est le plus doux lien de la société.

Eh ! pourquoi des égards briser l'heureuse chaîne ?
Sexe né pour l'amour, pourquoi chercher la haine ?
Vous qu'attaque une belle, ah ! n'oubliez jamais
Les égards indulgens qu'on doit à ses attraits.

Fuyez l'aigre dispute ; une morgue insensée

Affecte en vain le droit d'asservir la pensée.
N'ambitionne point ce triomphe imprudent ;
C'est un art de savoir triompher en cédant.
Amant de la raison, défenseur du génie,
De contester sans cesse évitez la manie :
Une aimable indulgence est souvent de saison ;
C'est avoir déjà tort que d'avoir trop raison.

Railleur novice encor, si tu veux qu'il me frappe,
Ne m'avertis jamais du bon mot qui t'échappe :
Sur ma lèvre à l'instant le sourire est glacé ;
Et le plaisir languit dès qu'il est annoncé.

Tel lance un trait plaisant qui n'eût pas su l'écrire ;
Tel écrit un bon mot qu'il n'eût jamais su dire.
L'auteur vif et brillant (1) qui fit parler Usbeck
Dès qu'il parlait lui-même était pesant et sec.
Ce Boileau, si funeste à l'auteur (2) de Pyrame,
Si fin dans la satire, est froid dans l'épigramme.
Rousseau, qui de ce genre eût mérité le prix,
Souvent d'un sel trop âcre a semé ses écrits.
Nul n'a tous les talens ; tout homme a ses limites ;
Même aux dieux d'Hélicon des bornes sont prescrites :
Voltaire, qui, du Pinde avide conquérant,
Voulut tout embrasser, fut plus vaste que grand.
Je vois parmi ses fleurs plus d'une ronce éclose.
J'aime son Pompignan (3) qui se croit quelque chose ;

-----

(1) Montesquieu dans ses Lettres Persannes.
(2) Pradon.
(3) Qui ne sait le vers :
     Et l'ami Pompignan croit être quelque chose ?

Mais je ne puis aimer son malheureux Fréron
Qu'il appelle un faussaire, un escroc, un giton :
C'est noyer le bon mot dans un torrent de bile.
N'était-ce pas assez que Fréron fût Zoïle ?
Ou que Stupidité, qui fait tout de travers,
Lui mit si plaisamment des ailes à l'envers ?

Le dépit raille mal ; ses jeux sont des querelles ;
Se fâcher d'un bon mot c'est lui prêter des ailes.
D'une vaine colère adoucissez l'éclat,
Et que des jeux d'esprit ne soient point un combat.

De Laharpe, a-t-on dit, l'impertinent visage
Appelle le soufflet (1) : ce mot n'est qu'un outrage.
Je veux qu'un trait plus doux, léger, inattendu,
Frappe l'orgueil d'un fat plaisamment confondu.
Dites : Ce froid rimeur se caresse lui-même :
Au défaut du public il est juste qu'il s'aime ;
Il s'est signé grand homme, et se dit immortel
Au Mercure! Ces mots n'ont rien qui soit cruel.
Jadis il me louait dans sa prose enfantine :
Mais, dix foix repoussé du trône de Racine,
Il boude ; et son dépit m'a, dit-on, harcelé.
L'ingrat ! j'étais le seul qui ne l'eût pas sifflé.

Un jour certain prélat, d'ignorante mémoire,
Fier d'un beau mandement dont il payait la gloire,
Aborda ce railleur si connu parmi nous :
L'avez-vous lu, Piron? Oui, monseigneur; et vous ?
Ainsi d'un trait plaisant la saillie étincelle.
Dans cet art périlleux plus d'un Français excelle.

___

(1) Ce mot connu est de Piron.

Quelquefois dans ses vers le héros de Berlin
 Se permit d'aiguiser le sarcasme malin,
Et, des rois empesés raillant la confrérie (1),
Soumit le trône même à sa plaisanterie.
Mais la Prusse sanglante expia ses bons mots :
Le poète railleur coûta cher au héros :
Il siffla de Bernis la stérile abondance ;
Et Bernis (2) sut armer Pompadour et la France.
Dans la bouche des rois le rire est trop amer :
Le rôle de Momus sied mal à Jupiter.
Le plus grand des Louis, toujours discret et sage,
Jamais d'un trait moqueur ne se permit l'usage.

D'un bon mot toutefois l'heureuse liberté
 Peut même aux souverains offrir la vérité.
Entouré d'ennemis que fuyait sa faiblesse,
Vaincu par les Anglais moins que par sa mollesse,
Charle (3) en ses derniers murs, dans l'ivresse des jeux,
Sur les débris du trône ouvrait un bal pompeux :
Que te semble ? dit-il au généreux Lahire.
— Qu'on ne perdit jamais plus gaîment un empire.
Ce mot sauva la France. Ainsi, mieux que nos lois,
Souvent le ridicule a corrigé les rois.

---

(1) Voici le vers du roi de Prusse :
         Et des rois empesés la lourde confrérie.
(2) On connaît ce vers d'une épître du même roi :
         Évitez de Bernis la stérile abondance ;
et comment ce poète, devenu ministre, s'en vengea par
le traité de Vienne, qui mit la Prusse à deux doigts de sa
perte.
(3) Charles vii dans Orléans.

ÉPITRE II.

A M. CHÉNIER L'AINÉ.

Oui, l'astre du génie éclaira ton berceau ;
La gloire a sur ton front secoué son flambeau ;
Les abeilles du Pinde ont nourri ton enfance.
Phébus vit à-la-fois naître aux murs de Byzance,
Chez un peuple farouche et des arts ennemi,
A la gloire un amant, à mon cœur un ami.

Que le nom de Péra soit vanté d'âge en âge,
Dans ces mêmes instans, sur ce même rivage,
Qui donnèrent Sophie à l'amour enchanté,
Apollon te vouait à l'immortalité.
Lui-même sur les flots guida la nef agile
Qui portait des neuf sœurs l'espérance fragile ;
Lui-même sur nos bords, dans ton sein généreux,
Souffla l'amour des arts, l'espoir d'un nom fameux :
Le vulgaire jamais n'eut cet instinct sublime.
Sur les arides monts que voit au loin Solyme,
Le cèdre, dans son germe, invisible à nos yeux,
Médite ces rameaux qui toucheront les cieux.
Mon laurier doit un jour ombrager le Parnasse ;
J'entrevois sa hauteur dans sa naissante audace
Si modeste en son luxe, et docile aux neuf sœurs,
Il permet de leurs soins les heureuses lenteurs.

Non, non ; j'en ai reçu ta fidèle promesse :
Tu ne trahiras point les nymphes du Permesse.

Non, tu n'iras jamais, oubliant leurs amours,
Adorer la fortune, et ramper dans les cours.
Ton front ne ceindra point la mitre et le scandale;
Tu n'iras point, des lois embrouillant le dédale,
Consumer tes beaux jours à dormir sur nos lis,
Et vendre, à ton réveil, les arrêts de Thémis.

Ton jeune cœur, épris d'une plus noble gloire,
A choisi le sentier qui mène à la victoire;
Les armes sont tes jeux : vole à nos étendards;
Les muses te suivront sous les tentes de Mars.
Les muses enflammaient l'impétueux Eschyle.
J'aime à voir une lyre aux mains du jeune Achille.
Un cœur ivre de gloire et d'immortalité,
Porte dans les combats un courage indompté.
Du vainqueur des Persans la jeunesse guerrière
Toujours à son épée associait Homère.
Frédéric, son rival, n'a-t-il pas sous nos yeux
Fait parler Mars lui-même en vers mélodieux?
Couché sur un drapeau noir de sang et de poudre,
N'a-t-il pas, d'une main qui sut lancer la foudre,
Avec grâce touché la lyre des neuf sœurs,
Et goûté dans un camp leurs paisibles douceurs?
Son camp fut leur séjour, son palais fut leur temple.

Imite ces héros, suis leur auguste exemple.
Laisse un oisif amas de braves destructeurs,
De l'antique ignorance orgueilleux protecteurs,
Ériger en vertu leur stupide manie,
Dégrader l'art des vers et siffler le génie.
Le langage des dieux n'est point fait pour les sots.
L'art qui rend immortel ne plaît qu'à des héros.

Insensés! que du moins vos fureurs indiscrètes
Sachent des vils rimeurs distinguer les poëtes.
A ces fils d'Apollon, ingrats! n'en doutez plus,
Vous devez des plaisirs, des arts et des vertus.
Et sans ressusciter les merveilles antiques,
Les chênes de Dodone et leurs vers prophétiques,
Et la lyre d'Orphée assemblant l'homme épars,
Et la voix d'Amphion lui créant des remparts,
Quel autre qu'un poëte, en ses nobles images,
Sut rendre à la vertu de célestes hommages,
La placer dans l'Olympe, et sur les sombres bords
Des supplices du crime épouvanter les morts?
Les cieux à nos accens s'ouvrirent pour Alcide,
Et l'Érèbe engloutit la pâle Danaïde.
Un monde juste est né des vers législateurs,
Et l'homme doit une âme à leurs sons créateurs.

Avant que la parole à nos yeux fût tracée,
Et qu'un papier muet fît parler la pensée,
Par un art plus divin, les vers ingénieux
Fixèrent dans l'esprit leur sens harmonieux;
L'âme en sons mesurés se peignit à l'oreille:
La mémoire retint leur frappante merveille.
Vainqueur du noir oubli, ce langage épuré,
Des usages, des lois, fut le dépôt sacré.
Grâce aux vers immortels, la seule Mnémosyne
Des siècles et des arts conserva l'origine.
Nul art n'a précédé l'art sublime des vers:
Il remonte au berceau de l'antique univers;
Et cet art, le premier qu'inspira la nature,
S'éteindra le dernier chez la race future.

Aime cet art céleste, et vole sur mes pas

Jusqu'aux lieux où la gloire affronte le trépas.
Soit que ton Apollon, vainqueur dans l'épopée,
T'honore d'une palme à Voltaire échappée ;
Soit que de l'élégie exhalant les douleurs,
De Properce en tes vers tu ranimes les pleurs ;
Soit qu'enivré des feux de l'audace lyrique,
Tu disputes la foudre à l'aigle pindarique ;
Ou soit que de Lucrèce effaçant le grand nom,
Assise au char ailé de l'immortel Newton,
Ta Minerve se plonge au sein de la nature,
Et nous peigne des cieux la mouvante structure,
Tu me verras toujours applaudir tes succès,
Et du haut Hélicon t'aplanir les accès.

Que du faîte serein de ce temple des sages,
Tu verras en pitié le monde et ses orages !
Tant d'aveugles mortels s'agiter follement,
Aux sentiers de la vie errer confusément,
Se croiser, se choquer, disputer de richesse,
Combattre d'insolence, ou lutter de bassesse,
S'élever, en rampant, à d'indignes honneurs,
Et se précipiter sur l'écueil des grandeurs.

Mais tandis qu'agité du souffle de l'envie,
Fuyant, touchant à peine aux rives de la vie,
Ce torrent des mortels roule à flots insensés,
A travers les débris des siècles entassés,
La gloire, et l'amitié plus douce que la gloire,
Fixeront nos destins au temple de mémoire.

ÉPITRE III.

A M. LE PRINCE DE CONTI,

SUR L'AMOUR QUE LES PRINCES DOIVENT AUX LETTRES.

Prince, ami des talens qu'ignore le vulgaire,
Qu'estiment les grands rois et que ton œil éclaire,
Toujours ta main prodigue en secours généreux,
S'applaudit des bienfaits qu'elle répand sur eux.

Ces présens d'un héros cherchèrent mon enfance,
Et mes faibles talens te durent la naissance,
Quand la Parque, frappant un père entre mes bras,
Eperdu, je donnais des pleurs à son trépas.
Tu le pleuras toi-même! et d'un père fidèle
Tes larmes et tes dons me payèrent le zèle.

Bellone alors, Bellone, aux bords lointains du Var,
T'appelait aux combats et préparait ton char :
Le Var courba sous toi son onde et sa fortune;
Vainement Albion s'en plaignit à Neptune.
Quelle fut sa douleur, ta gloire et mes transports!
Content de t'admirer, je me taisais alors.
Que mon zèle, indigné de cet obscur hommage,
Brûlait de s'élancer loin des bornes de l'âge!

Comme un jeune coursier, dans les bois de Vindsor,
S'irritant des liens qui trompent son essor,
Frappe à pas redoublés la barrière insultante,
Et devance sa course, et bat la plaine absente,

Tel à peine escorté de quatorze printemps,
J'accusais les lenteurs du génie et du temps.

Mais en vain j'implorais la lyre des Orphées :
Mars ne suspend jamais sa lance et ses trophées
Au fragile arbrisseau qui rampe loin des cieux ;
C'est l'arbre que Dodone enfante pour les dieux
Qui sous ce noble poids voit courber son feuillage,
Quand Mars las et sanglant y cherche un doux ombrage.

Trop souvent le poète inégal au héros,
A ses lauriers brillans mêla d'obscurs pavots.
Quelle muse eût osé, follement intrépide,
Sur les Alpes enfin suivre ton vol rapide,
Franchir ces rocs où monte à peine un long regard,
Y combattre Amédée et la nature et l'art ;
Et malgré les torrens, les gouffres, la tempête,
Malgré tous ces remparts qui tonnaient sur ta tête,
Foudroyer dans les airs leurs Titans furieux,
Et couronner de lis ces monts impérieux ?

Je croissais ; et la gloire échauffant mon génie,
Du langage des dieux j'essayai l'harmonie.
A l'ombre des lauriers que moissonna ton bras,
L'étude vint m'apprendre à chanter les combats ;
Et les champs de Coni me rappelaient Arbelle ;
Mais pour un Alexandre il fallait un Apelle ;
Et le dieu qui daigna sourire à mon berceau,
Dans ma main faible encor vit trembler son pinceau.

Tel qu'un nocher d'abord et novice et timide,
Attend que l'alcyon calme la plaine humide :
Il contemple de loin ces gouffres mugissans :

La crainte, le désir, l'espoir troublent ses sens :
Sa barque n'ose encor tenter les mers profondes,
Et consulte long-temps ses voiles et les ondes ;
Ou tel que le jeune aigle, en ses premiers essors,
Du rocher paternel n'ose quitter les bords ;
Mais bientôt moins timide et dédaignant la terre,
Il veut tenter l'Olympe, il aspire au tonnerre,
S'élance, impatient du céleste séjour,
Et fixe ses regards sur l'œil brûlant du jour ;
Ainsi, trop jeune encor, je n'osais me résoudre
A toucher aux lauriers où reposait ta foudre.
Enfin dix-huit printemps révolus sous tes yeux,
Portèrent jusqu'à toi mon vol ambitieux.
Le cœur fut mon génie ; éprise de ta gloire,
Ma muse s'élança sur ton char de victoire.
Je te vis applaudir à mes jeunes accens,
Et sourire à la main qui t'offrait mon encens.

    Un enfant des neuf sœurs plaît aux fils de Bellone :
Qui combat pour la gloire, estime qui la donne.
Est-ce à d'obscurs mortels dans l'opprobre nourris,
D'aimer ces arts brillans dont l'honneur est le prix ?
C'est aux rois tels qu'Auguste à chérir un Virgile.
Le ciel doit un Homère aux exploits d'un Achille :
C'est le droit des héros ; et les hommes fameux
Connaissent seuls les droits des grands hommes comme eux.

    Grand prince! aux mêmes arts tu dois la même estime ;
Et ces arts te devaient leur tribut légitime.
Les Muses pour te suivre ont quitté l'Hélicon.
Que ta cour désormais soit leur sacré vallon !
Oui, le docte laurier que leur Permesse enfante,

Couronne des Césars la palme triomphante,
Sur l'univers soumis Rome étendant ses lois,
Marchait, la foudre en main, sur la tête des rois ;
Les Muses commandaient à la reine du monde,
En demi-dieux alors que Rome était féconde !
De la Thrace et du Pinde honorez les travaux,
O Français ! des Romains soyez deux fois rivaux.
Un grand homme est, aux yeux de tout mortel qui pense,
Bien au-dessus des rois qu'un vil flatteur encense ;
Et quoi que dise encor la bassesse ou l'orgueil,
Le seul génie échappe à l'oubli du cercueil.

En vain des conquérans, pour ravager la terre,
Ont osé des dieux même emprunter le tonnerre ;
Ils cherchaient d'autres cieux et des mondes nouveaux ;
Mais aux bornes du monde ils trouvaient leurs tombeaux.

Il fut aussi des rois dont l'oisive mollesse
Goûta des vains plaisirs l'amorce enchanteresse.
Sous des lambris dorés un encens fastueux
Enivra de ces rois l'orgueil voluptueux ;
Et du flambeau des arts l'éclatante lumière
Fatiguait de leurs yeux la débile paupière.
Les timides talens, dans l'ombre retenus,
A leur servile cour languissaient inconnus.
Quelquefois abaissant leur fierté sourcilleuse,
S'ils prêtent d'un regard la faveur orgueilleuse,
Des talens ingénus il fait rougir le f
Et leur plus grand bienfait n'est q   affront,
De ces rois cependant la stupide
Applaudit aux discours de l'altière   .orance.
Dans l'éternel oubli tombés à leur réveil,
Leur règne ténébreux ne fut qu'un long sommeil.

Perfides courtisans ! votre coupable adresse
De ces rois malheureux égarait la faiblesse.
Sans doute vous dites que les fils d'Apollon
Cultivent follement leur stérile Hélicon ;
Que d'un art chimérique, adorateurs futiles,
Loin d'offrir à l'état des citoyens utiles,
Ils bornent leurs essors à des objets si vains,
Que jamais leur talent n'a servi les humains.

Frémissez, vils mortels ; les enfans d'Uranie
Embrassent l'univers dans leur vaste génie.
Bientôt leur vol échappe à vos timides yeux.
Vous rampez sur la terre ; ils planent dans les cieux.
Homère au vol de flamme y déploya ses ailes ;
Pindare en sut franchir les voûtes éternelles.
Lucrèce à la nature osa prêter sa voix ;
En vers harmonieux Solon dicta des lois.
Quel autre qu'un poëte, au feu de la pensée,
Rassembla des humains la race dispersée ?
Eux seuls du feu céleste ont fait l'heureux larcin :
Le génie est un dieu qui brûle dans leur sein.
Vous, dont l'orgueil insulte à ces esprits sublimes,
D'un éternel affront vous serez les victimes :
La honte doit payer vos mépris insolens.

Prince, tu connais mieux l'empire des talens ;
Tu sais qu'un favori des filles de mémoire
Consacra dans ses vers et la honte et la gloire.
« Plus d'un roi par nos chants est devenu fameux :
» Notre gloire jamais n'a rien emprunté d'eux. »

─────────────────────────────

(1) Ces deux vers sont du roi de Prusse, Frédéric II.

Muse de Frédéric, instruisez les monarques;
Triomphez de l'orgueil, de l'envie et des Parques.

Du héros de Nerwinde, ô toi, rival heureux,
Prête aux arts qu'il aimait un appui généreux !
Sous des noms différens une même déesse
Te guide vers l'Olympe et m'entraîne au Permesse.
Pallas armait ton bras de la foudre des rois :
Minerve, en souriant, m'inspire quelquefois.
Propice à mes efforts, tu daigneras peut-être
Favoriser des chants que ta gloire a fait naître,
Et les entendre encor dans ce temple de Mars,
Où le goût sur tes pas va rassembler les arts.

Puissé-je, dans ces lieux te consacrant ma vie,
Fouler d'un pied vainqueur les serpens de l'envie !
D'un seul de tes regards tu sauras dissiper
Ses perfides complots prêts à m'envelopper.
Elle craint des lauriers qui s'empressent d'éclore,
Et répand sur mes vers le fiel qui la dévore.
Monstre impur dont le souffle infectant les autels,
Empoisonne l'encens qu'on offre aux immortels !
Sans doute il frémirait qu'une plume savante
Eût tracé de ta gloire une image vivante.
En vain ses cris jaloux veulent troubler mes chants,
Et leur murmure aigu rend mes sons plus touchans.
Croassez, vils corbeaux, aux fanges du Parnasse :
Moi du cygne thébain j'ose imiter l'audace.

L'envie encor dira qu'en sa jeune ferveur
Mon âge peut trahir l'éclat de ta faveur.
Ris de ces vains discours : « Dans les âmes bien nées
» Tu comptes les talens et non pas les années. »

De Mars et des neuf sœurs les fils audacieux
Vont s'asseoir en naissant à la table des dieux.
Quand Mars de ses lauriers honora ton courage,
Charmé de ta valeur il oublia ton âge.

ÉPITRE IV.

A MONSIEUR DU BELLOI,

AUTEUR TRAGIQUE.

Toi qui fus de mon cœur la plus chère moitié,
Cesse enfin d'obéir aux conseils de la haine !
Ceins ton front des lauriers que t'offre Melpomène,
Et ne rejette pas les vœux de l'amitié.
Va ! mon cœur n'est point fait pour envier ta gloire :
On m'a vu le premier applaudir ta victoire.
Écarte un vain nuage et des soupçons jaloux
Qu'une haine étrangère a semés entre nous.

Quoi ! nos yeux et nos cœurs ont pu se méconnaître !
Quoi ! tu me regrettas sur un sauvage bord
Qu'éclairent à regret les feux glacés du Nord ;
Et dans l'heureux climat qui tous deux nous vit naître,
Nous suivons du courroux l'implacable transport !
Insensés ! nous croyons un aveugle rapport !
Ah ! la main la plus chère est souvent imprudente ;
Et le dard de Céphale a blessé son amante !
Le trait s'échappe ; il fuit, moins prompt que le remord.

Laisse aux auteurs obscurs une haine vulgaire ;
Mais nous qu'aime Apollon, et que Minerve éclaire,
Est-ce à nous de descendre à ces honteux débats
Qui flétrissent l'esprit, et ne le vengent pas ?
Ces guerres de l'esprit, sont l'opprobre de l'âme.
Que par de vils complots Zoïle se diffame ;
La haine même est noble en des cœurs généreux ;
Une noire fureur ne ternit point ses feux.
Molière a pu cesser d'être ami de Racine ;
Applaudissait-il moins à sa muse divine ?
Même en se haïssant, ils s'estimaient tous deux :
Mais que dis-je? haïr ! non, non, je l'aime encore ;
La haine est désormais l'objet seul que j'abhorre.

Serions-nous ennemis, quand les Muses sont sœurs !
Le fiel doit-il aigrir leurs célestes douceurs ?
Et ton plus doux concert, ô docte Polymnie !
Vaut-il de l'amitié la touchante harmonie ?
Muse, reprends tes dons et tes lauriers vainqueurs,
Si les talens sont faits pour désunir les cœurs.
Que sert de cultiver les bords de l'Hippocrène,
Si la gloire, en pleurant, y recueille la haine ?
La gloire nous égare : ivre d'un fol honneur,
L'esprit veut des succès ; l'âme veut le bonheur :
Son bonheur est d'aimer et de se croire aimée.
La vie est dans l'amour, non dans la renommée.

Tranquille en ses foyers, ou voyageant loin d'eux,
A la ville, à la cour, dans les camps, au Parnasse,
Sans la douce amitié nul mortel n'est heureux.
Elle épura les vers de Virgile et d'Horace ;
Du charmant Euryale elle soutint l'audace ;
Elle ne change point quand le sort a changé ;

Nisus serre, en mourant, l'ami qu'il a vengé.
Mécène qu'elle inspire, ami fidèle et juste,
Du malheur de régner sut consoler Auguste.
Elle rend plus légers la couronne et les fers;
Elle embellit l'exil; elle orne les déserts :
Elle vengeait Racine opprimé par l'envie.
En vain la sœur d'Esther languissait avilie;
L'amitié d'un grand homme osant la soutenir,
Contre le siècle injuste arma tout l'avenir.
Boileau fut un public pour l'auteur d'Athalie.
Tout leur était commun, peine, plaisirs, travaux;
Les faveurs de Louis, les injures des sots;
Et même la dispute, armant ces cœurs de flamme,
Divisait leur esprit, sans diviser leur âme.
Demi-dieux de la France, hélas! vous n'êtes plus;
Quels talens! Ah! du moins imitons leurs vertus.

Que Rufin se complaise en sa haine inflexible!
Le bel-esprit est dur; le génie est sensible.
Malheur à l'homme affreux, au cœur envenimé,
Que la voix d'un ami n'a jamais désarmé!
Périsse la vengeance et sa douceur cruelle!
Ah! la sainte amitié doit seule être immortelle.
Étouffons pour jamais, dans nos embrassemens,
L'injuste et folle erreur de nos ressentimens.
Rendons-nous ces beaux jours, prémices de la vie,
Où l'émulation ne connaît point l'envie.
Comme l'amour des arts animait nos loisirs!
Comme nos jeunes cœurs confondaient leurs plaisirs!
Quels doux épanchemens de gloire et de tendresse!
Ah! d'un bonheur si pur goûtons encor l'ivresse :
Ton cœur aime la gloire! il est digne de moi.

Mon cœur est vertueux, il est digne de toi.

A l'immortalité quand ils volent ensemble,
Que deux amis sont fiers du nœud qui les rassemble!
La veuve de Corneille a besoin d'un époux;
Melpomène te nomme; en puis-je être jaloux?
L'étude nous unit; le talent nous sépare.
Euripide t'est cher, et j'adore Pindare.
Quand la scène t'appelle aux tragiques honneurs,
L'ode aux ailes de flamme et l'élégie en pleurs,
Et l'auguste nature à mes yeux dévoilée,
M'éclairant des rayons de sa tête étoilée,
M'élèveront peut-être à ces doctes sommets,
Où Marmontel et Elin n'arriveront jamais.

ÉPITRE V.

A MON FILS,

Né en 1783, à l'époque des découvertes les plus étonnantes dans les arts, et de la paix la plus glorieuse.

O toi, né dans ce temps de prodiges semé,
Où tous les arts ont pris un essor enflammé,
Où, d'un cristal magique armant leur Zoroastre,
Herschel à l'univers ajoute un nouvel astre;
Où des enfans de Penn, vengeurs audacieux,
Francklin soumet la foudre et désarme les cieux;
Où, sans ailes, dans l'air s'élevant à ma vue,
Les Dédales français ont plané sur la nue:

Jeune Alphonse, ô mon fils ! toi dont l'heureux berceau
Console mes regards des horreurs du tombeau,
Ah ! puisses-tu, croissant au milieu des merveilles,
Toi-même aux arts divins donner un jour tes veilles !
Puisses-tu, de ma lyre héritier généreux,
Consacrer leurs succès et toi-même avec eux !
Qu'un jour mes cheveux blancs s'ombragent de tes palmes.

Ton berceau voit nos lis et glorieux et calmes ;
Mars a conquis la paix ; la France arme ses ports ;
L'insolent léopard est chassé de nos bords ;
L'Europe vient de prendre un nouvel équilibre ;
L'Océan rompt ses fers, et l'Amérique est libre.
Enfant ! goûte l'espoir d'un avenir serein.

Mais la nécessité qui de son bras d'airain
Hélas ! vers le malheur courbe la race humaine,
Et soumit aux revers même le fils d'Alcmène ;
Cette nécessité qui vint, dans sa rigueur,
Lier mon front superbe au char de la grandeur,
Peut-être maîtrisant tes jeunes destinées,
De souffles orageux troublera tes années.

Arme-toi de courage, alors sois tout mon fils !
Le palmier, sous les vents, croît aux bords de Memphis.
L'habile nautonier, disciple de l'orage,
Empruntant du péril son art et son courage,
Des vents, même opposés, déconcerte l'effort,
Et contraint leur furie à le conduire au port.
Je l'imitai : suis-moi ; donne le même exemple ;
Aux grands cœurs à ce prix la gloire ouvre son temple.
C'est du sein de la mort et de l'adversité
Qu'Alcide s'élevait à l'immortalité.

Un autre te dira, dans son langage esclave,
Comme on sert la fortune, et moi, comme on la brave.
Connais et la bassesse et les crimes de l'or.
Que la sainte vertu soit ton premier trésor!
Que toujours loin de toi la céleste indulgence
Repousse également Plutus et l'indigence!
Enfant! ne perds jamais ta naïve candeur.
Ah! si tu devais rendre, esclave sans pudeur,
Aux passions des grands de coupables services,
Et ramper aux honneurs par le sentier des vices;
Si tu devais souiller ta naissance et ton nom,
Que ton lait, à mes yeux, se change en noir poison!
Que dis-je? ciel! ô ciel! écarte un vain présage!
Alphonse de ses jours doit faire un noble usage.

Mon fils, contre Vénus je ne veux point t'armer;
Né d'un sang amoureux, tu dois sans doute aimer.
Eh! qui n'aimerait pas le doux sexe des grâces?
Lui seul fait nos plaisirs, hélas! et nos disgrâces.
Les pleurs de l'élégie ont arrosé mes vers:
Si tu les lis un jour, tu sauras mes revers.
Ah! plus heureux que moi, sur les rives de Gnide
Puisses-tu ne trouver jamais d'Adelaïde!
Puisse une autre Fanni, source de tes regrets,
Un jour ne point changer tes myrtes en cyprès!
Aux nymphes d'Amathonte, à leurs folles ivresses,
Préfère des neuf sœurs les fidèles caresses.
Trompé de la fortune et trahi de l'amour,
Je me réfugiai vers leur paisible cour:
Le bonheur m'attendait dans les bras de la gloire;
Les arts ont de mes pleurs adouci la mémoire;
C'est par eux qu'avec toi je puis m'entretenir;

Par eux je te rends cher aux siècles à venir.

Des muses et des arts douce et frêle espérance !
Mon fils, laisse contre eux murmurer l'ignorance :
D'un vulgaire insensé dédaigne les mépris.
Heureux qui de la gloire enfin cueille le prix !
Ce prix cherche l'audace et fuit tes mains timides.
Un dragon défendait le fruit des Hespérides :
Le Pinde a ses lauriers dont il est plus jaloux.
Ah ! la gloire ! la gloire est un trésor si doux !
Noble amant de la gloire et non de ses vains titres,
Je bravai du succès les frivoles arbitres :
Mon silence étonna la déesse aux cent voix :
Qui sait l'attendre, un jour lui peut donner des lois.
Émule généreux des aigles du Parnasse,
Ton père quelquefois atteignit leur audace.
Que mon vol soit un jour devancé par le tien !
Ce triomphe, ô mon fils ! serait encor le mien.

Et vous, dieux de mon âme, ô mes amis fidèles !
Si je meurs, de l'aiglon vous soutiendrez les ailes.
Qu'à vos destins heureux son destin soit lié !
Je dépose mon fils au sein de l'amitié.

ÉPITRE VI.

A MADAME DE ***.

LA MÉTEMPSYCOSE.

Plus ne croyais à la métempsycose,
Ni qu'en la tombe une âme bien enclose

Osât des morts le rivage quitter
Pour revenir d'autres corps habiter.

Si maints dévots, croyant en Pythagore,
Juraient par lui qu'on allait voir encore
Virgile, Homère, au terrestre séjour,
Las! je n'osais espérer ce grand jour.
Et qu'advint-il ? Grâce à leur prophétie,
Du pauvre siècle on vit mieux l'ineptie :
Ce vain espoir nous rendit plus amers
Les pleurs donnés à des mânes si chers.

Eh! que voyais-je au lieu de ces grands hommes ?
Un peuple nain, d'impérieux atomes,
Qu'en vain l'erreur fit briller quelque temps,
Mais que du vrai les rayons éclatans
Ont replongés dans leur ombre première,
Honteux d'avoir affronté la lumière.
Trop bien je vis qu'en ce siècle fallot,
Mode ou cabale impose au peuple sot ;
Qu'aveugle Erreur est fille d'Ignorance.

Eh! qui n'en eut la fatale assurance,
Quand Marmontel, dramaturge glacé,
Eut d'un pied lourd le cothurne chaussé,
Maints zélateurs s'écriaient : A merveille,
Grand Pythagore! est-ce pas feu Corneille
Qui reparaît ? et pourtant n'en fut rien,
Car mon Corneille on siffla bel et bien,
Jusqu'au serpent qui, dans la Cléopâtre,
Faisant chorus, le sifflait comme quatre ;
Et si pourtant n'avait traduit Lucain,
Ni barbouillé son Numitor romain,

Ni mis Quinault en vers de Chapelain ;
Ces deux rimeurs ne sont de même étoffe.

Lors Diderot, charlatan philosophe,
Mêlant parfois Socrate à l'Arétin,
Et des Bijoux romancier libertin,
Gonflé d'emphase, empoulant l'apostrophe,
Sur ses tréteaux criait d'un grave ton :
« Je me souviens d'avoir été Platon ;
» Et je prétends, d'une main plus hardie,
» Échafaudant mon Encyclopédie
» Sur maint volume, exhaussé jusqu'aux cieux,
» Régir les rois et gourmander les dieux. »
Il dit, on bâille ; et voulant être impie,
Qui le croirait ? il ne fut qu'ennuyeux.

Pâle d'envie encor plus que d'algèbre,
Calculant tout, le caustique *A plus B*,
Plus fin que sage, et moins grand que célèbre,
Fier d'un beau nom à demi dérobé,
Pour ses dévots en lui seul ressuscite
Tout à-la-fois Archimède et Tacite ;
Linguet s'en plaint, et crie au suborneur.

Le Génevois, ce sublime Érostrate,
Qui des beaux-arts, dont il était l'honneur,
Brûla le temple ; et fuyant le bonheur,
Trouva la gloire, amante trop ingrate !
Par vanité s'érigeant en vaurien,
Disait tout bas : « Je suis le vrai Socrate ; »
Et cependant mon rêveur n'en crut rien ;
Mais on pardonne à qui rêve si bien.

Dorat alors, rimailleur petit-maître,
Anacréon au moins se disait être ;
Non qu'il chantât le dieu joufflu du vin,
Mais du beau sexe adorateur badin,
Il affubla d'épîtres imprévues
Mille beautés que jamais il n'a vues,
Et de vers nains fit trente in-octavo,
Avec fleuron, cul-de-lampe, vignette :
Morphée en a l'édition complète ;
Et Jean Fréron criait encor bravo.
Ce Jean Fréron alors fut Aristarque,
Comme Turpin est aujourd'hui Plutarque.
Trois fois par mois brochant un numéro,
Il réduisait tout Voltaire à zéro.

Mais il prôna l'ingénieux Delille,
Qui sous le fard se donnant pour Virgile,
Si bien lima son vers mince et poli,
Que le grand homme est devenu joli.
Ainsi masquant de grâces fantastiques
Le noble auteur des douces Géorgiques,
Par trop d'esprit il n'eut qu'un faux succès :
Oh ! que la France a bien fui cet excès !

Si m'en croyez, messieurs, je suis Horace,
Disait Rulhière intrus sur le Parnasse.
J'excelle en l'art des jolis vers mal faits ;
Et pour Mécène ainsi je les faisais :
Car vous saurez que bon sens et génie
Font mal des vers de bonne compagnie ;
Puis relisant ses disputes qu'il tient,
Dieu sait alors ce qu'Horace devient.

Dans ces beaux jours, ô prodige bizarre!
Bion, Moschus sont devenus Berquin;
Tibulle, Guys; et Properce, Bertin;
C*****, Plaute; et Sabattier, Pindare;
Le noir Gilbert, insolent par candeur,
Corbeau du Pinde, en croit être le cygne,
Et d'un vers dur s'exaltant sans pudeur,
Pour Juvénal hautement se désigne.

L'auteur bernois qui fit Guillaume Tel,
Le Pradon suisse, au bon goût si mortel!
Le bon Lemierre est Sophocle à sa guise,
Il en convient lui-même avec franchise.

Le froid La Harpe, habillant de son vers,
Qu'il croit facile et qui n'est qu'insipide,
Timoléon, Gustave, Barmécide,
Et Mensikof et sa beauté perfide,
Quoique sifflé de l'ingrat univers,
Rêva pourtant qu'il était Euripide.
Or voyez bien qu'en tout cet altercas
Onc n'ai pu croire au bon Pythagoras.

Mais quand je vois dans vos lettres charmantes,
Ces tours heureux, ces peintures brillantes,
Ce feu, ces traits légers et délicats,
Tels qu'Érato ne serait dans le cas
De leur prêter des grâces plus naïves,
De nous tracer des peintures plus vives,
Lors de mon doute en moi-même indigné,
Plus ne mécrois au divin Pythagore:
Et gagerais que l'autre Sévigné
Respire en vous, et qu'elle écrit encore.

ÉPITRE VII.

A M. DE CALONNE,

Lorsqu'il fut nommé ministre et contrôleur-général des finances.

Te voilà donc ministre! un jeune potentat
A remis dans tes mains ce trésor de l'État,
Reste des favoris, des catins et des prêtres,
Et des secours d'un peuple épuisé par ses maîtres.
Le dernier perdit tout; sous ce roi très-chrétien,
On fit le bien très-mal, on fit le mal très-bien :
Faire mieux aujourd'hui n'est pas chose facile.
A son propre bonheur, le peuple est indocile.
Sans doute la brebis peut craindre avec raison
La main qui la flattait pour ravir sa toison;
Et mille fois trompés par de beaux préambules,
Nos bons Parisiens ne sont plus si crédules.
Le grand mot de patrie et de bien général,
De nos calamités fut souvent le signal;
Un chancelier adroit ne dit pas tout le reste :
D'un bienfait apparent naît un impôt funeste.
Que de fois, au début d'un édit captieux,
Vrai badaut, je surpris des larmes dans mes yeux!
J'applaudissais Tetrai, dont la main assassine
Terminait ce bel acte en signant ma ruine.

Que dis-je? c'était peu que d'être ruiné!
J'ai vu de Dubarri l'esclave couronné,

Du nom français alors flétrir toute la gloire,
Et loin de nos drapeaux exiler la victoire.
Je l'ai vu, s'endormant au bruit de nos revers,
De ses honteux exploits remplir son parc aux cerfs,
Tandis qu'un d'Aiguillon, politique automate,
Laissait trois majestés envahir le Sarmate.
Que la Seine a gémi sous ce règne imprudent!
La Tamise à mes yeux s'emparait du trident;
Un vaisseau, resté seul, composa notre flotte.
L'Océan fut esclave, Albion fut despote.

Enfin du bien-aimé les os ensevelis
Nous laissent quelque espoir de ranimer nos lis.
Le roi, dit-on, nous aime; il veut rendre à la France
Du brave Béarnais le cœur, la bienfaisance,
Même sa *poule au pot!* le projet me plaît fort;
Mais le réaliser surpasse notre effort;
Laissons, en l'adorant, ce rêve d'un cœur tendre,
Dans nos jours malheureux il nous faut moins prétendre.
Vainement Chatelux (1) nous fit un beau traité.
Son lecteur ne croit point à la félicité;
Baudot en dégoûta la ville et la province.

Calonne, si tu veux qu'on bénisse ton prince.
Dans les traités publics fais-lui garder sa foi;
Plaide en faveur du peuple au conseil de ton roi;
Ce peuple a, tu le sais, des vampires sans nombre.

-----

(1) Auteur d'un traité fort ennuyeux sur la Félicité
publique. L'abbé Baudot fit, sur le même sujet, des
brochures plus ennuyeuses encore.

Ose du grand Sully nous retracer quelqu'ombre.
Prête tes yeux perçans à l'aveugle Plutus ;
Récompense, à propos, les arts et les vertus.
Aime les vrais enfans du dieu de l'harmonie.
Pour l'honorer toi-même, honore le génie.
C'est peu de l'enrichir, enhardis son essor ;
Obtiens sa liberté qu'il préfère à ton or.
Obtiens que nos censeurs, esclaves trop fidèles,
D'un esprit noble et fier n'enchaînent plus les ailes:
Fais qu'il plane à son gré dans les hauteurs des cieux.
Alors mon Apollon, que tu connaîtras mieux,
Saura te présenter, au nom de la patrie,
Un encens que n'a point souillé la flatterie,
Tel que Sully lui-même eût goûté ses douceurs,
Et tel que l'avoûraient Minerve et les neuf sœurs.

FIN DES ÉPITRES ET DU TOME PREMIER.

TABLE

DU TOME PREMIER.

ODES.

LIVRE PREMIER.

LIVRE SECOND.

LIVRE SIXIÈME.

ÉLÉGIES.

LIVRE PREMIER.

LIVRE SECOND.

ÉPITRES.

FIN DE LA TABLE DU TOME PREMIER.

BIBLIOTHÈQUE EN MINIATURE,

composée

D'un choix de Poètes et Prosateurs français, imprimée sur papier vélin,

FORMAT IN-32, A 75 C. LE VOLUME.

EN VENTE:

PARNY, 3 vol.	2 fr. 25 c.
BERNARD, 1 vol.	75
BERTIN, 2 vol.	1 50
GRESSET, 2 vol.	1 50
DUCIS, 8 vol.	6
DESHOULIÈRES, 1 vol.	75
PIRON, 3 vol.	2 25
LA ROCHEFOUCAULD et VAUVENARGUES, 2 vol.	1 50
LUCE DE LANCIVAL, 2 vol.	1 50
DEMOUSTIER (Lettres à Émilie), 4 vol.	3
VOLTAIRE, la Henriade, 1 vol.	75
Id. Charles XII, 2 vol.	1 50
CHAPELLE et BACHAUMONT (Voyage de), 1 vol.	75
LA FONTAINE, Fables et Contes, 4 vol.	3
FABRE D'ÉGLANTINE, 2 vol.	1 50
COLARDEAU, 2 vol.	1 50
CHÉNIER (Marie-Joseph), 1 vol.	75
ROUCHER, 2 vol.	1 50
GILBERT, 2 vol.	1 50
BEAUMARCHAIS, 4 vol.	3
BARTHÉLEMY, Anacharsis, 16 vol.	11

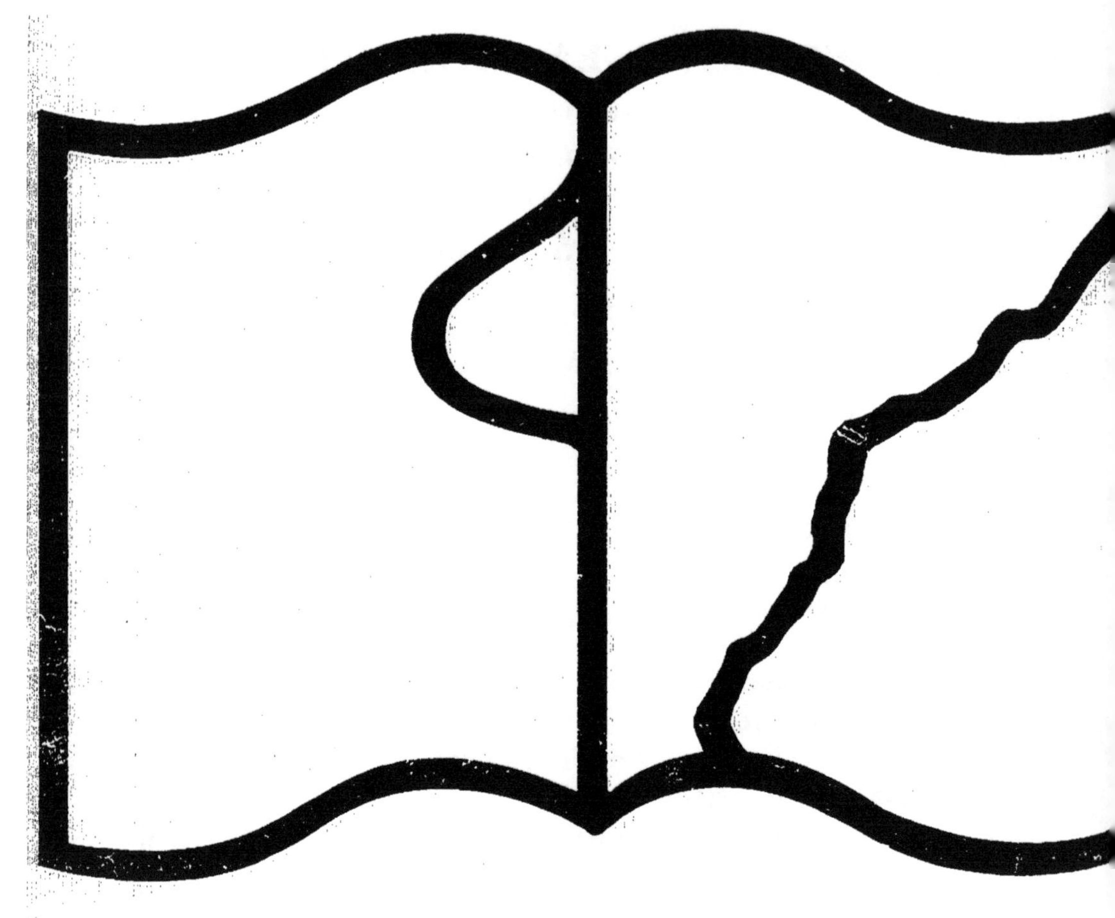

Texte détérioré — reliure défectueuse

NF Z 43-120-11

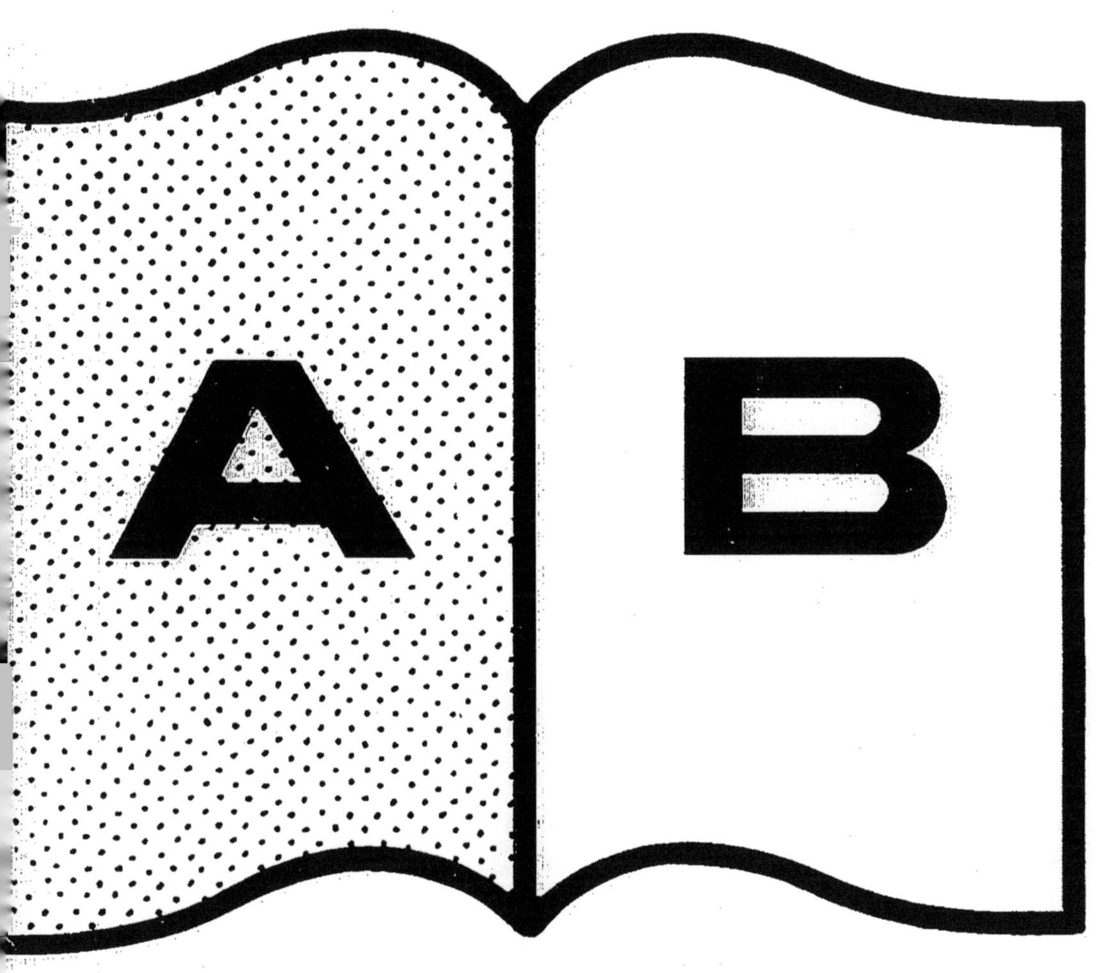

Contraste insuffisant

NF Z 43-120-14

9 782014 437669